Serge Gainsbourg

François Ducray

Serge
Gainsbourg

Collection dirigée par Philippe Blanchet

Remerciements particuliers à Jérôme Rey pour sa participation
à la conception de cette collection.

Avec le génie, on fait ce que l'on peut.
Avec le talent, ce que l'on veut.

INGRES, cité par GAINSBOURG.

Chapitre 1

Gainsbarre Forever

Je ne veux pas qu'on m'aime.
Mais je veux quand même.

Voilà huit ans que Serge Gainsbourg est mort. Qu'il n'est plus là pour se défendre et qu'on l'aime « quand même ». Qu'il a cassé sa pipe de « fumeur de Gitanes » et garde pour lui ses conversations avec le *fumeur de havanes*. Qu'il s'est tiré en *vieille canaille* et qu'on s'en tire comme on peut, à piètres renforts de *requiem pour un con* qui sonnent faux : ah la la... avec lui, c'était mieux que sans. Le coup du père Coluche, de Kurt Cobain, du vilain-méchant qui était si tendre au fond, si bon en dedans : un seul être nous manque, le clown est plus grand mort que vivant, on dirait qu'ils étaient plusieurs sous le masque pour nous faire encore cet effet-là ! Tranches de vies palpitantes d'hier contre tartes à la crème flasques d'aujourd'hui : la nostalgie a la mémoire molle et les tissus qui se désolent, c'est comme ça.

Sauf que Gainsbourg, même sous le gros nez rouge de Gainsbarre, n'était pas ci et n'est pas ça. Comme Coluche, comme Cobain, comme ceux et celles qui les aiment sans « quand même », il a vécu en crabe : de biais et toutes pinces dehors, pour ne pas perdre une miette et se nourrir de tout ce qui circule ici-bas. Avec la gloutonnerie de ceux qui ont un goût trop sûr pour ne pas s'en défier et lui préférer l'instinct. L'instinct rapace qui gobe d'abord, le tri se fera plus tard : glorieuse incertitude d'un sport qui consiste à tout risquer.

Par choix plus que par nécessité, par éthique plus que par facilité. Mais par un peu de tout ça à la fois : « Levez-vous, orages désirés ! » clamait le poète. Le truc, c'est de ne pas louper le coche. Une fois l'orage en marche, ne pas dégringoler à la première secousse. Gainsbourg, lui, a fait mieux que trouver le truc : il l'a perfectionné. Après un départ laborieux, il est devenu expert en orages. Une espèce de jockey des cumulonimbus en pétard. Puis l'entraîneur en chef de la cavalcade des nuées. Puis un souffleur de vents, faute de vents à sa mesure. Là, il s'est pris pour Gainsbarre et la météo s'est vexée. L'a privé d'espace. Lui qui n'avait jamais manqué d'air a dû se répéter. Se contenter, en lieu et place de la stratosphère, d'un bocal qui ressemblait de plus en plus à l'intérieur exténué de sa carapace. D'où s'échappèrent, jusqu'à la fin, des râles et des soupirs qui font encore de bien beaux dégâts.

« J'ai tout réussi sauf ma vie », s'est-il un jour vanté. Comme s'il s'était jamais caché de l'avoir tout entière consacrée à ce drôle de jeu-là ! Sa chandelle est morte, mais pas la petite flamme qui danse au-dessus de ses chansons : après tout, c'est pour elles qu'on l'aime. Quand même...

Serge Gainsbourg est né en 1928 à Paris. Ses parents y étaient arrivés en provenance de Russie, après la révolution d'Octobre et la Grande Guerre. Ils étaient artistes et pauvres, premier pléonasme. Lui, pour leur faire honneur et se faire plaisir, deviendra riche et célèbre, second pléonasme. Destin d'émigré : puisque leurs racines peinent à suivre le mouvement des hommes, certains d'entre eux inventent de nouvelles greffes. Et ce que la nécessité leur fait oublier, ils s'en servent pour doubler l'adversité, forcer le hasard. Mais leur mémoire ne dort jamais que d'un œil. L'autre s'agrandit au fond d'eux, captant à l'aveugle ce que les pupilles en titre négligent. Chez Serge, cet œil est d'abord celui d'un jumeau dont l'autre moitié est une fille ; puis d'un peintre inhibé par le génie d'autrui ; enfin d'un poète malgré lui, magasinier rétif de tant d'objets qu'après en avoir joué comme personne, il voudra tour à tour les adorer et les casser. Pas facile à vivre, tout ça donne soif et fait fumer par les oreilles. Autoproclamé « homme à tête de chou », Gainsbourg façonnera peu à peu sa propre caricature, son double en tics et toc : Gainsbarre-le-guignol, marionnette grommelante, grimaçante et titubante, vilain petit canard médiatique toujours prêt à faire mourir de rire les petits et de haine les grands. Quant aux « petites », il les choisit déjà « grandes » hors de lui (B.B., Deneuve, Adjani...) ou se fait pygmalion pour qu'elles croissent sous son aile (Bambou, sa fille Charlotte) et s'envolent (France Gall, Jane Birkin). Pas facile à surmonter : lardé de paroles-et-musiques de plus en plus acérées, son univers intime oscille entre l'art pur qui dévore et Gainsbarre qui vomit. Un cinéma d'entrailles et des rimailles de pétomane. Un charme caustique et des provocs de mirliton. Mais alors même que ses artères le trahissent, son talent d'éclaireur d'un demi-siècle braque sur son ombre musicienne un salut qui le comble et l'apaise : celui d'une génération de lolitas romantiques reprenant ses refrains au bras de légionnaires destroy et rastaquouères ! La boucle est bouclée. Le serre d'un peu trop près : son cœur cède. « Je suis un faussaire de compagnie », avait-il prévenu. On ne voulait plus entendre que Gainsbarre-le-farceur, le tonton flingué, le papa gâteux. On n'a pas cru le poète Gainsbourg. Aujourd'hui, c'est lui qui reste : pas si mal joué, p'tit gars...

Chapitre 2

Antécédents

Les ambassadeurs sont venus en dansant
Armés de tubas jusqu'aux dents

Les ambassadeurs arrivent toujours avant. C'est leur boulot, leur raison d'être. Ceux de Gainsbourg sont ses parents, Joseph et Olga Guinzburg. En fait de danse et de drapeau blanc, ils ont le teint livide et le pas incertain des émigrants russes que les promesses de lendemains rouges n'ont pas su retenir. En guise de lettres de créance, des faux papiers grossiers fabriqués à Istanbul, d'où est parti le bateau qui les débarque à Marseille. Nous sommes en l'an de grâce 1921 après J.-C., lequel n'a guère les faveurs du jeune couple, marié trois années plus tôt à la synagogue de Saint-Pétersbourg.

Nés respectivement en 1896 et 1894, Joseph Guinzburg et Olga Besman ont l'un et l'autre été élevés dans des familles moins hantées par le spectre toujours menaçant des pogroms antijuifs qu'attirées par le rationalisme des philosophes « libres-penseurs » du siècle des lumières. Mais en 1918, dans la Russie en charpie d'entre Nicolas II et Vladimir Ilitch Lénine, il était encore impossible de se marier sans passer par le pope, le prêtre ou le rabbin. Olga était une « belle plante » comme on les aime en Ukraine, Joseph était plus jeune, plus timide et portait sur son nez en bec de condor un morne lorgnon d'instituteur — son fils écrira : « Juif, ce n'est pas une religion. Aucune religion ne fait pousser un nez comme ça. » Elle chantait, lui jouait du piano. Ils s'aimèrent dans un tourbillon de musique (Chopin, Borodine, Moussorgski), tandis que le monde autour d'eux s'étourdissait en une valse folle de séismes et d'ouragans (boucherie de 14-18, révolution de Février 17 à Moscou, puis coup de force des Soviets en octobre).

En 18, c'est la paix des cimetières sur les deux rives du Rhin, mais de part et d'autre du fleuve Amour, la guerre civile fait rage : rouges et blancs recrutent les jeunes gens de gré ou de force, mendiants et étudiants en musique compris, amoureux ou pas. Joseph n'a pas le feu sacré. Le son du canon, des bruits de bottes dans la neige pleine de pièges, des baïonnettes qu'on enfonce dans des ventres aussi creux que le sien, très peu pour lui ! Alors Olga organise le départ, par Odessa, à travers la mer Noire infestée de pirates, vers la Turquie, le Bosphore... l'Amérique ? On s'en berce de contes, d'espoirs, de chants populaires en toutes langues. Mais ce sera la France, « mère des Arts ». Quant aux « Armes » et aux « Lois » chères à la patrie de Lamartine et de Voltaire, les Guinzburg en ont eu — et en auront — plus que leur part...

Dans leurs bagages, pas de tubas : quelques pièces d'argenterie dépareillées, des napperons, deux timbales joliment ouvragées. N'étant ni grands-ducs de sang impérial ni princes d'opérette, les Guinzburg évitent les clichés. Olga ne fera pas la bonne pour les baronnes bidons du XVIᵉ arrondissement, Joseph pas le taxi chantant à la demande des balalaïkas de bazar. On ne les verra pas non plus mimer le pied de grue sur le parvis de l'église orthodoxe officielle de la rue Daru, là où le Guépéou du camarade Staline appâtcra ses fidèles agents. S'ils ont rallié Paris, c'est pour tout recommencer, le plus loin possible des manigances et des affrontements qu'ils ont fuis : les déchirements et les complots qui ramènent trop souvent la communauté russe immigrée à la une des journaux se feront sans eux. Pas de politique chez les Guinzburg, juste un anticommunisme viscéral dont on ne parle même pas, de peur qu'il ne nuise à la parfaite intégration des gosses au sein de l'institution scolaire républicaine.

Trois enfants viennent au couple, qui ne va pas jusqu'à les

faire baptiser, mais prend grand soin de les prénommer « à la française », comme il convient à d'honnêtes gens qu'anime la meilleure volonté du monde : par les hochets au-dessus des berceaux, se fondre dans la francité. Ce qui n'épargne ni les drames ni les accidents de parcours. Un premier fils, Marcel, meurt à seize mois, probablement d'une pneumonie. Le chagrin d'Olga est tel que la naissance, en 1927, de Jacqueline ne la console qu'en partie : « Les filles, c'est zéro », dit-elle. Lorsqu'elle est à nouveau enceinte quelques mois plus tard, Olga pense d'abord à avorter. Mais l'acte l'effraie, et la pratique lui en paraît sordide. Le 2 avril 1928, quelques minutes avant cinq heures du matin, Liliane puis Lucien rejoignent la cohorte vagissante des chefs-d'œuvre de Dieu. Arraché in extremis au néant et très embarrassé d'être tombé là comme ça, ce dernier doutera toujours de tout dès ce premier instant. Lucien Guinzburg : un drôle de nom ou une sale blague ? Une idée fixe signée Joseph, en tout cas. Ses sœurs, elles, l'appelleront Lulu...

Toute sa vie, avec une constance rare chez lui, Serge Gainsbourg entretiendra l'image qu'il veut garder de son enfance. Celle d'un petit garçon étroitement surveillé mais aimé, d'un galopin pas tellement dégourdi, mais gentiment fantasque. Un peu renfermé, mais « heureux ». Comme si une enfance heureuse était indispensable au tableau morcelé que lui composerait l'existence. Lucien n'était pas beau, pas riche et n'avait rien d'exceptionnel, mais son enfance devait ressembler au jardin propret, au grenier bien garni des légendes enchantées. Plus il sera Gainsbarre, plus il la repeindra aux couleurs du bon ton petit-bourgeois : une nature morte représentant un petit déjeuner certes sans apparat, mais complet. En fait, elle fut modeste et sévère, souvent grise, gaie par bouffées. L'enfance ordinaire d'un fils de migrants sans éclat et sans le sou, que ses parents voulaient à toute force couler dans le moule dominant.

A Jacqueline et à Liliane, on demandait de grandir en bon sens et souplesse. De Lucien, on exigeait la perfection. Surtout Joseph, dont le lorgnon ne lâchait guère la nuque de son garçon. Dans les années 20, on ne craignait pas, même quand on n'avait pas accès à leurs collèges, de renchérir sur le précepte des pères jésuites : les gosses, il fallait les « modeler ». Pour leur bien, naturellement. Sauf que « modeler » suppose un « modèle », et qu'à cet égard, Joseph était en décalage pour le moins partiel avec la définition du rôle. Comment se faire admirer en tant que pater familias impeccable lorsqu'on gagne sa croûte en jouant du piano toutes les nuits dans des cabarets ? En rajoutant deux ou trois couches d'austérité dès qu'on a refermé derrière soi, au retour, la porte du foyer. Serge préfère se souvenir d'un artiste contrarié par les circonstances. Et jeter au rebut le poids malséant des souffrances indues. Pudeur. Orgueil. Et des petits trous dans le rétro, déjà : dans le portrait qu'il trace de son papa, Lulu gomme ce qui fâche. De la souffrance ? Où ça ? C'est un gros mot : chez lui, on n'en prononçait pas. C'était comme ça et c'est tout, point barre. Circulez, y a rien à voir, foi de Gainsbarre !...

Chez lui, ce fut longtemps un appartement de trois pièces rue Chaptal, dans le IXe arrondissement de Paris, à deux pas de Pigalle et de la place Blanche, à cinq minutes à pied de Montmartre. Quartier touristique et populaire, géographie du mélange et du contraste, décor idéal pour mélodrames d'entre deux guerres en noir et blanc : putes et voyous du boulevard Rochechouart, fêtards bruyants qui dégoulinent de la Butte, croassements des marchands de légumes, des vitriers ambulants, cloches enjouées de Notre-Dame-de-Lorette contre carillons des lycées, piaillements de trente maternelles aux heures de récré, bistrots laissant échapper les odeurs de toutes les cuisines du monde, parfums de femmes du monde sortant du théâtre, de femmes du demi-monde mystérieuses et pressées, de femmes du monde entier. Paris-Babylone indifférente à la misère des uns, affairée à briller pour les autres. Paname des chanteurs de rue, des chanteuses de trottoir, dont les refrains aux accents âcres et traînants tirent rires et larmes. Pantruche des manifs ouvrières et des chiffons qui sèchent aux fenêtres. Des siennes, embuées par la vapeur des casseroles d'Olga, Lucien n'en loupe pas une fraction : moineau en cage il est, mais oiseau dans sa tête. Et dans sa tête, il s'en passe de belles. Des tas de choses, des guirlandes d'images. Dehors est balisé : le trajet de l'école, la boulangerie, le crémier. Alors dedans crépite : les trucs à découper dans le *Journal de Mickey*, l'ennui d'après les devoirs à déchiqueter, les leçons de piano à bâcler. En dessin, en classe, au clavier, Lucien apprend à faire « comme si » pour s'abstraire de la forme et libérer les songes. La timidité aidant, il se montre assez sage pour qu'on le croie présent, attentif aux cours. Il l'est, juste ce qu'il faut pour qu'on le laisse en paix. Cursus scolaire sans histoires jusqu'à onze ans, dispositions honnêtes en toutes matières, sciences comprises : comprendre n'est nullement un problème. D'ailleurs, Lucien n'est en aucune façon un enfant à problèmes de comportement. Il est, au contraire, tout ce qu'il y a de plus discret, poli, obéissant. Olga s'en inquiéterait presque : c'est ce qu'elle attend des sœurs. Le frère, selon elle, tient un peu trop du père : silhouette chétive, sans épaules, et les bronches qui s'enflamment pour un rien. Une fois, c'est grave. On le soigne. Lulu ne rouspète pas : au chaud, cataplasmes et sirops, il s'échappe. D'autres fois, ça l'est moins. Joseph fronce un sourcil suspicieux : son fils unique tirerait-il au flanc ? Comédie ! Au piano, qu'on voit ce qu'il en est, et plus vite que ça ! Dix pages de *Méthode rose* pour délier les doigts fiévreux du gamin, et à la première faute, bingo, une gifle ou carrément la dérouillée à coups de ceinturon. Si papa s'échine dans la fumée des bars à jouer des musiques qui lui plaisent plus ou moins, ce n'est pas pour que son cher petit massacre Mozart à la maison. Joseph le doux, l'effacé, en père Fouettard ! Olga détourne les yeux, Liliane et Jacqueline se bouchent les oreilles : l'orage est bientôt passé. A l'heure du dîner, on s'est embrassés, la table est mise comme si de rien n'était. Refoulés ou non, les pleurs n'y sont pas admis. Chacun réinvente sa journée. Récits d'où toute l'aigreur est bannie : la vulgarité, c'est la Sibérie de la pensée, l'immensité en moins. Alors, à la russe, on rit. On rit beaucoup. Et Lulu n'est jamais le dernier...

En 1939, pourtant, ce n'est pas le lointain « ogre sibérien »

Staline qui menace le cocon protecteur de la rue Chaptal, mais un gnome germain nommé Adolf Hitler. Quelques années plus tôt, les Guinzburg, comme la plupart de leurs voisins, n'auraient pas accordé la moindre crédibilité aux vociférations de ce roquet en uniforme et moustache de groom sud-américain : l'hystérie même de son délire antisémite semblait le disqualifier au regard du monde civilisé. Et pourtant...

Si, en 1932, les Guinzburg avaient été naturalisés français, dix ans plus tard, les décrets racistes du régime de Vichy les rendaient au néant. Administrativement déclassés, ils sont pratiquement livrés à la machine exterminatrice qu'a mise au point la « race des seigneurs ». Olga enrage. Joseph refuse d'y croire : de la Gestapo, il s'attendait à tout. Mais de la police, des autorités françaises, non ! Et surtout pas ça. Pendant l'année scolaire qui correspondait à la Drôle de Guerre, il avait profité d'un engagement prolongé à Dinard pour emmener avec lui femme et enfants : l'air marin, la rude hospitalité bretonne leur avaient tanné la peau et réchauffé le cœur. C'était ça, la « vraie France », pour Joseph. Ça devait l'être. De retour à Paris, il devint peu à peu évident, même pour lui, qu'il n'en était plus rien. Lucien a douze ans...

« Je suis né sous une bonne étoile jaune », grincera Serge Gainsbourg bien des années plus tard. Il l'aura portée de 41 à 43, date à laquelle Olga décide de franchir la ligne de démarcation entre la « zone occupée » (par l'armée allemande : l'Est, le Nord, Paris, l'Ouest jusqu'au Pays basque) et la « zone non occupée » (on dit alors « zone nono », pour ne pas laisser entendre qu'elle serait libre, amer reliquat de ce mauvais esprit honni par Vichy). Après les rafles du Vél'd'hiv' en 42, planques et complicités se raréfient de plus en plus dans la capitale. Joseph avait précédé sa famille à Limoges, d'où partent encore quelques tournées qui se refusent à faire la différence entre musiciens juifs et non juifs. Limoges est une ville éminemment catholique et passablement « maréchaliste », ce qui n'empêche pas la plupart des établissements religieux d'accueillir les personnes en danger. A condition, toutefois, qu'elles disent le Pater Noster, chantent le Salve Regina et suivent les offices sans rechigner. C'est ainsi que Jacqueline, Liliane et Lucien s'initièrent au latin à l'abri des murs conventuels tandis qu'au-delà la Milice et ses chiens les cherchaient à la trace. Un jour, lors d'une perquisition dans son pensionnat limousin, Lulu dut se cacher au fond des bois quelques heures. Avec une hache pour tout viatique, et la consigne de s'en servir pour construire une hutte ! « Comme le Petit Poucet, racontera Serge. C'était l'aventure. » Celle d'un enfant qui sut sa chance en se jurant de la taire. Déporté à Auschwitz, Michel Besman, frère cadet de sa mère, n'en revint jamais. Horreur. Silence. Pudeur. Mais Serge se souviendra d'une pensée de Lucien, alors : « Les hommes ont créé des dieux. L'inverse reste à prouver... »

Chapitre 3

Initiations

Début mai 1945, l'hécatombe s'interrompt. Elle reprendra bientôt, sous forme de conflits sporadiques et de guerre « froide », à l'étouffée. Un seul mot d'ordre : reconstruire. Et que vogue la galère comme avant, même si la voilure a diminué, si les rameurs se demandent à quoi sert de ramer. Dès le lendemain des bals fiévreux de la Victoire, c'est la grosse gueule de bois. Reconstruire, d'accord, mais pour qui ? Les ouvriers ont leur idée là-dessus. Les bourgeois veulent que les ouvriers reconstruisent d'abord : après, on verra. Les plus jeunes, eux, ne voient plus du tout les choses comme ça. Hier était si moche que l'avenir, ils n'y croient pas. Ou alors que ce soit tout de suite, tout d'un coup. S'étourdir dans une fête immédiate et sans fin. Une fête intégrale. Sauvage et cérébrale à la fois, comme une transe collective sous les décombres de l'Histoire. A Saint-Germain-des-Prés, l'existentialisme touffu de Jean-Paul Sartre croise la désespérance activiste de Boris Vian. Dans des caves enfumées qui ressemblent — terreur en moins, whisky en plus — à celles des alertes anti-aériennes, de toutes jeunes femmes dansent les yeux fermés, leurs corps désarticulés s'offrant aux longues ondes vrillées par des musiciens noirs débarqués d'Amérique. Le jazz trouble de son âcre sensualité une atmosphère déja intensément libertaire. C'est la révolution narcisse, nihiliste des « zazous », ces dandys glabres et maigres qui dédaignent tout et tous, exception faite d'eux-mêmes. Et encore, c'est pas sûr : dérision oblige !

Dix-sept ans, efflanqué, crotté et défloré de frais, Lucien Guinzburg observe, enregistre et opine, fasciné : voilà la vraie vie. Elle a le visage de princesse égyptienne, l'allure amazone de Juliette Gréco. Comme tous les autres adolescents, il tombe — « ce qui s'appelle tomber ! » — brutalement amoureux d'une image. Est-ce elle, inaccessible ? Ou, à travers elle, toutes les autres ? Mais quand bien même : comment leur dire ? Ah, s'il ne lui manquait que les mots !...

Les mots, Lucien les a. Seulement ce sont ceux des fabliaux, des poésies, qu'on n'ose pas prononcer par peur panique du ridicule. Ceux d'un benêt romantique. Qu'il est. D'extrêmement mauvaise grâce à mesure de ses mues successives, mais qu'il est, et de tous côtés.

Si sa santé est délicate — Olga prétend que c'est à cause de Joseph —, sa sensibilité ne l'est pas moins. Joseph assure que la responsable, c'est (forcément) Olga. Cette gigantesque et envahissante sensibilité, c'est eux se le disputant, c'est eux soufflés, gonflés en lui, et lui tassé sous eux, cherchant à respirer hors d'eux. Sans eux et se sentant « fourbe » d'être ainsi : interdit avec eux, ou monstrueux contre eux. Frapper n'est pas son truc, ni « familles, je vous hais ! » son slogan. Fils unique surcouvé dont les sœurs sont des leurres complices, il se défilait pour ne pas étouffer. Adolescent, il tente par tous les moyens de se faufiler où il ne faut pas aller. Plus tard, avec les moyens du bord, il se défaussera, « pervers pépère » épanoui et indigne. Lucide sur un point : pour bien vivre, vivons caché. Avançons à l'air libre, mais par des chemins creux : « En définitive, j'ai pris des sentiers vicinaux. » On dirait presque, en redondant, un refrain de Trenet. L'autre « grand Charles » : la première idole. Et la seule avouée. Trenet qu'on écoutait égayer la radio rue Chaptal, le séjour à Dinard, l'exil à Limoges. Trenet qui chamboulait le jazz en l'enlaçant de phrases swing d'une folle inconscience. Trenet qui est à la chanson populaire ce que le champagne est au vin : l'essence gracieuse et l'insaisissable gravité.

Qui a écrit « on n'est pas sérieux quand on a 17 ans » ? Rimbaud, un jeune homme qui prônait le « dérèglement de tous les sens » avec un sérieux d'inquisiteur « illuminé ». Trenet, le « fou chantant », lui, n'admet de sérieux que l'exercice de son métier. Saltimbanque et magicien, il fabrique avec une effarante désinvolture des chansons fantaisistes que son immense public sifflote dans la rue avant de les prendre — ou pas — pour de la poésie. La dimension est là, mais facultative, volatile. Chez Trenet, le rythme précède le propos, l'induit sans jamais s'y soumettre. La chanson prime. Chacune a sa saveur, son autonomie, son plan de vol. La poésie, c'est pur cadeau. Comme celle des photos de Doisneau, déjà. Ou des films de Truffaut, bientôt. Paris est encore une juxtaposition de villages un peu vieillots, où domine le gris anthracite de la suie sur les crépis, le gris luisant des pavés, le gris terne des blouses de commerçants et d'employés. Un fond de Doisneau, une scène de Truffaut. Le gris, pour Trenet, c'est la couleur à barbouiller. Du jaune serin des amours enfantines, du violet des rêves tièdes et des lèvres mordues par le froid du matin. Pour Lucien, Trenet est une espèce de grand frangin qui surplombe la ville et enjambe ses hauts murs invisibles en rigolant. Il est le Baladin, dont les refrains mabouls donnent à l'air libre qu'on respire après lui des parfums libertins. Le tragique, Lucien Guinzburg en a eu plus que son dû. Le sérieux, il va falloir apprendre à le doser. A jongler avec les impératifs, les opportunités. Entre les premières clopes et les premiers apéritifs...

A en croire les récits de Serge Gainsbourg, la décennie qui s'offrait à Lulu n'aura été qu'une illustration sur papier kraft de *La Bohème* d'Aznavour : beaux-arts nonchalamment butinés, dèche poisseuse et galipettes sulfureuses. En insistant sur l'aspect crapoteux des choses, et ses réelles difficultés matérielles, il tend à gommer ce que furent, peut-être trop banalement à son gré, ces années d'apprentissage tous azimuts. Avec leur lot de longs tunnels entrecoupés de brefs éblouissements, leur épuisante alternance d'espoirs et de désillusions. Il se souvient d'un glorieux strip-poker d'où l'on émerge, à l'aube, soit tout à fait à poil, soit en costard d'alpaga. C'était plutôt la pêche en eaux dormantes : pour un brochet, combien de bouts de pneu, de planches vermoulues ! Pour une amorce de succès, combien de coups pour rien ! Joseph l'avait formé à la rude école des pianistes tout-terrain, sachant imiter le phrasé d'un Liszt ou d'un Chopin, se couler dans le swing d'un Duke Ellington ou d'un Erroll Garner, bousculer un tango, suivre une bossa-nova.

Olga l'avait bassiné dans le fameux registre : « Les filles, mon fils, c'est que des garces ou des pots de colle. Sentimental comme je te vois, elles te tondront la laine sur le dos !... » En 1946, ils avaient emménagé avenue Bugeaud, dans le « mauvais » XVIe arrondissement, celui de ceux « qu'aimeraient bien avoir l'air, mais qu'ont pas l'air du tout », croqués par Brel dans son impitoyable *Ces gens-là*. Enfin du solide pour Joseph, du cossu pour Olga. Et une chambre pour Lucien, qui la transforme en atelier d'artiste peintre, puis en cabinet d'élève architecte, ce à quoi il s'essaie après un sec échec au bac (aux échecs, en revanche, il aurait renvoyé toute une promotion de Sciences-Po au bac à sable !). Rien de concluant : ses « crobards », comme il dit, manquent de bases mathématiques. Et sa chimie intime l'entraîne vers dehors, là où vont et viennent les filles en chignon, en fichu, en socquettes blanches roulées sur les chevilles. Et les femmes élégantes, dont les manteaux mal boutonnés se soulèvent au moindre mouvement, dévoilant de fragiles bas de soie ou mieux encore, parfois. Et ces autres femmes que certains pans de trottoirs paraissent aimanter, selon des trajectoires de mouche sur une vitre, que des lumignons rougeâtres semblent ne jamais lâcher. A Limoges, une gamine de fermier l'avait entrepris, il n'était pas bien sûr d'être arrivé au but. C'est donc en semi-puceau de modèle courant qu'il découvre, rue Saint-Denis, l'exaltation de perdre un peu de soi et d'en avoir des spasmes... contre quelques billets et une tape sur la joue : Lulu ? Bon pour le service ! « L'amour physique est une impasse », ronchonnera-t-il des années plus tard, tel un don Juan revenu de toutes les extases. En attendant, il est un mousse ébahi par l'ampleur de la houle. Une tempête pour si peu ? C'est donné !...

En attendant ? Façon de parler : le temps lui file entre les doigts. Lucien ne sait pas quoi inventer pour l'arrêter. Ou l'accélérer. Avec un peu d'argent à la clé, si possible. Les doigts...

Son père le tanne, le houspille : l'argent, ça peut se gagner avec ses doigts. Proprement, comme lui, en jouant du piano. Ou moins, en dessinant, puisque Lulu semble préférer le fusain aux arpèges. Depuis longtemps, la peinture le taraude, le hante. Joseph l'a mené au Louvre, gamin, et ce moyen qu'ont les peintres de matérialiser l'imaginaire l'a renversé : les femmes, le sexe, la violence, le quotidien, le mystère, la mort, et ce qui lie ou détruit tout cela, tout est là. Sans le secours ambivalent des mots, mieux que par l'intermédiaire des notes paraboliques. La peinture, c'est l'art brut, le précipité crémeux du corps et de l'esprit méchamment confrontés. Rembrandt, Delacroix ou Picasso, ça frappe. Lucien suit des cours à l'académie Montmartre. Il y avait fait quelques timides incursions du temps de la rue Chaptal toute proche. Pour la première fois de sa vie, les professeurs — dont Fernand Léger, qu'il surnomme « Lourd » avec son humour de poids plume ! — s'intéressent à son cas. Doué ! Il serait doué pour le dessin. « Un coup de crayon certain... » Le voilà stimulé, accroché à quelque chose, enfin. A part les filles, bien sûr, mais justement, les cours de dessin en sont pleins. Il y a elles, le silence et cette soudaine concrétisation des songes. Plus tard, Lucien donnera lui-même des cours à des classes d'enfants, en banlieue : « A cet âge, ils n'ont pas de préjugés. C'est après que ça se gâte... » Lumineux souvenirs, regrets éternels... On y reviendra.

A l'académie, une élève plus secrète et pulpeuse que les autres attire son attention. Elle est russe, indépendante et pas commode. Prénom et maintien de reine : Elisabeth. Nom cassant, qu'elle prononce avec hauteur : Levitsky. En 1947, Elisabeth habite une petite chambre d'étudiante dont la fenêtre donne sur une cour où l'on chante tout le jour, celle de la Schola cantorum, la meilleure école de musique vocale du Quartier latin. Début 1948, Lucien la rejoint. Il l'a d'abord un peu brusquée, elle s'est braquée. Puis elle l'a pris au mot, et il a bien failli se dérober. Mais elle est puissamment belle, et d'une ardeur communicative : « Sept coups la première nuit », et c'est elle qui le dit. Elisabeth sera la seule à compter de la sorte. Comme il le fera désormais, carillonnant ses performances tel un bonimenteur sur des tréteaux de foire. De la *Méthode rose* à la méthode Coué...

Ils s'aiment à la folie, la ville et la nuit sont à eux. Les journées de Lucien tournent en rond. Celles d'Elisabeth lui en rapportent. Secrétaire d'un poète surréaliste, elle se frotte au beau linge de l'époque. Un soir, la clé de chez Salvador Dalí échoue dans sa poche. Les tourtereaux s'en servent. Pénètrent au flan dans l'antre du Maître. Se roulent dans les fourrures, les draps de soie, emportent une paire d'objets précieux. Lucien s'en vante, béat de tant d'audace. Joseph, outré, le traite de gigolo, de dégénéré. Le gifle. C'est la dernière fois : le fils lève la main sur son père. La retient. Prend ses jambes à son cou. Va l'offrir au joug de l'armée : pas la Légion, non, mais le traditionnel service militaire. Il a 20 ans et de la chance : jugé inapte à crapahuter dans la jungle indochinoise, Lucien a également devancé le sanglant bourbier algérien. A la caserne, il ne dédaigne pas la « franche camaraderie » des chambrées, goûte aux joies simples des virées entre « biffins », et mitonne à sa fiancée des lettres de premier communiant. Il apprend la guitare, fait marrer ses copains en imitant Django ou Dario Moreno. Innocentes roucoulades, mignardises roublardes. Lucien Guinzburg, encore célibataire, pas encore chanteur, a tout du jeune gommeux gavé aux clichés IVe République. Qui aurait pu croire qu'il deviendrait, sous la Ve, une espèce d'envers de la médaille sonnant et trébuchant, et dont la devise serait : « Le snobisme, c'est une bulle de champagne qui hésite entre le rot et pet » ? Certainement pas lui. Le snobisme, ça ne s'apprend pas. Ça s'attrape. Comme la colique ou le hoquet. Mais ça se cultive comme les tomates ou le talent. Il faudra longtemps avant que le petit soldat farceur en vienne à : « L'essence et les sens / Ça n'a pas de sens... »

Chapitre 4

Nobles arts,
arts mineurs...

Qu'est-ce qu'une chanson ? Une bouteille à la mer. Une chanson à succès ? Une bouteille à la mer qui trouve un destinataire. Mais une bonne chanson, à quoi ça peut bien ressembler ? A *La Mer* de Trenet ? Ou au *Déserteur* de Vian ? A un poème de Baudelaire mis en musique par Léo Ferré ou à une bluette signée Bourvil ? A une pochade comme *Petite Fleur* par Louis Armstrong ou à une tornade nommée Edith Piaf, quoi qu'elle chante ? On ne sait pas. Même Trenet n'a pas idée : une chanson n'est pas une idée. Edith elle-même, qui n'écrit pas, n'a que des intuitions : sur ce qui est mauvais, sur ce qui ne lui va pas, sur ce qui fait redite ou double emploi. Leurs ennemis communs ? La médiocrité, la lourdeur et surtout l'à-peu-près. Leur principal faux ami ? L'évidence. Leur atout ? La conviction, le sens du va-tout. En ce domaine, le populaire Armstrong, le cajolant Bourvil ne sont pas moins courageux que Boris ou Léo. Ces gens ont le public en ligne de mire, mais d'autres horizons. Chez eux, quand une chanson est bonne, c'est parce qu'elle est grande. Sans eux, pas de Gréco, pas de Brel, pas de Boby Lapointe ni de Nino Ferrer. Pas de Polnareff, ni de Jeanne Moreau. Pas d'Higelin, de Fontaine ni de Rita Mitsouko. Pas de folie, furieuse ou douce. C'est la tribu des Pieds Nickelés, leurs bouteilles sont fêlées... Face à elle, une famille, une vraie. Celle des Mille-Feuilles de la chanson — noblesse républicaine ! Professionnels haut de gamme, grands couturiers de la rime et du style, grands capitaines de l'harmonie, fabuleux mercenaires, fauves opportunistes et carnassiers féroces s'y côtoient sans trop de dommages. Le travail est la valeur suprême à quoi tout le reste est soumis. Objectif avoué : la qualité. Le public est la cible. Moyens déployés pour la percuter : tous. A commencer par le talent, crème pâtissière indispensable aux uns (Montand, Aznavour, Ferrat, Barbara), simple sucre en poudre chez les autres (Tino Rossi, les Compagnons et autres « voix d'or »). Tino ensorcelle avec des ficelles aussi vieilles que le coucher du soleil, Montand renouvelle sans cesse celles du métier : à chacun son bizness, mais le souci d'efficacité reste le même. Leur faux ami à eux ? L'entêtement. Leur atout ? L'opiniâ-treté. Entre les deux : une nuance, un nuage, un cheveu. « Pro-gressistes » ou « réactionnaires », leurs enfants ne se dé-marquent les uns des autres que par le discours, l'habillage sonore, le « positionnement ». Mais les garçons portent tous des ceintures à grosse boucle et les filles cravachent dur : ramasser les chansons à la pelle, c'est du boulot. Le reste est affaire de cycles et de statistiques. Une chanson est grande si elle est bonne et obtient un triomphe. Si le succès lui fait faux bond, c'est qu'elle n'était pas assez bonne. Dans les deux cas, il faut la refaire, la décliner à l'identique ou à l'envers : entrer dans la famille Mille-Feuilles est un honneur, mais parfois un sacré calvaire...

1953. Dûment marié à Elisabeth, Lucien ne fait pas le fier. Il s'acharne à peindre et on l'ignore. S'astreint à des veilles épuisantes et on lui rit au nez. A lui qui donnerait une jambe pour l'œil de Géricault ou de Courbet, l'autre pour celui de Miró ou de Klee et son bras gauche pour le buste du *Saint Sébastien* de Mantegna, on répond gentiment que ce qu'il s'ar-rache des tripes est bien fait, joliment dessiné. Ça le cueille de plein fouet, le touche en plein cœur. L'assassine. D'un trait d'autant plus imparable qu'il se sent sans défense, sans défausse. Pire encore : sans excuse. Car la dague qui le troue, le poison qui l'étouffe ne proviennent pas seulement d'autrui, mais d'un constat, d'une tumeur interne. Un miroir s'est dressé entre son œuvre et lui : c'est du joli boulot, pas du tout celui d'un génie. La sentence est sans appel. Un vide aimable, appliqué. Hébété par le reflet de sa trop propre transparence, Lucien se croit mort avant d'avoir eu mal. Là, deuxième choc : non seulement il n'est pas mort foudroyé comme un héros de Maldoror ou de Goya, mais il a mal comme un chien. Ou comme un homme blessé, qui sait ? Plus grave : il s'en relève. Comme si ce rejet allait de soi, devenait réciproque. Comme si lui, Lucien Guinzburg, avait anticipé l'inéluctable, l'indicible. Et s'il s'était, par une prémonitoire ruade, approprié la rupture : fuir la peinture avant qu'elle ne se sauve ? Malheureux, le Lulu, très malheureux.

Mais malin. Très malin. Alors, au lieu de faire le fier, il incube son malheur et s'en va voir un peu plus loin. Dans trois ans, il exécutera un autoportrait qui lui servira de modèle pour poser en photo sur une de ses premières pochettes de disque. Dans trente, il fignolera une exquise esquisse de Jane Birkin pour le même motif. Le suicide offre une palette de possibilités assez stupéfiante : de l'exécution brutale aux raffinements infinis de l'autodestruction. Une seule rasade contre mille et une gorgées ? Son choix fera fondre autant de dictons que de glaçons : garçon, toute la carte, et tout de suite ! Au fond du bar, discret, un piano noir laqué lui tend ses touches de nacre et d'ivoire. Lucien hésite, agrippe un verre au hasard. C'est un long drink, un truc qui peut durer longtemps. Au moins le temps d'aller s'asseoir là-bas. Le bar est un de ces cabarets où son père a pu jouer. Milord l'Arsouille, il s'appelle. Ça vaut largement Lulu le Malin, non ? Alors il pose le verre à sa gauche, s'assure à droite de la présence d'un cendrier, caresse les touches. Elles sont souples, le son qu'elles rendent aussi : un piano de bar, ça s'y connaît en cafard. Un bout de cendre tombe, qu'une goutte de sueur froide dilue aussitôt. Mais ça poisse les doigts, et ses doigts, soudain, en ont marre. De la poisse, de tout ce cafard. Au hasard, comme ça, ils attaquent un mambo...

Ça s'est passé plus lentement, bien sûr. Et plus prosaïquement. Serge citera Boris Vian, encore, dont le malaise en scène — il y montait raidi par le trac, guindé comme un officier prussien mis en joue par un peloton de moujiks rendus fous par l'alcool et la haine — l'aurait dessillé : « J'encaisse ce mec. Blême sous les projos, balançant des textes ultra-agressifs devant un public sidéré. J'en prends plein la gueule et je me dis : "Je peux faire quelque chose là-dedans..." » (Et un autre autoportrait, un ! En langage gainsbarrien, celui-là.) Dans la réalité, Lucien essuie les plâtres plus humblement, en commençant par le commencement, toujours le même : plus un sou, Elisabeth qui fait la moue et papa qui s'amène. Reprends l'instrument, fiston. Pianote dans les bistrots. Et si tu veux signer des paroles ou des airs, passe l'examen de la Sacem (Société des auteurs, compositeurs et éditeurs de musique, rue Ballu, dans le IXe arrondissement, à cent mètres de la rue Chaptal : tu parles d'un tour du monde...) !

En 1954, c'est fait. Grâce en bonne part à Paul Alt, contorsionniste de son métier sous le nom de Diego Altez. Au cabaret, Paul Alt sait tout faire. Ecrire, composer, imiter, accoster, relancer. Rien ne l'arrête ! Son allégresse et son culot confondent les plus tristes mines. Ensemble, ils écument les clubs de jazz en vogue (au Blue Note, ils découvrent, médusés, Billie Holiday), s'incrustent en ouverture ou fermeture des revues travesties qui font florès chez Madame Arthur, s'insinuent par le vasistas des toilettes lorsqu'on leur claque la porte au nez. Quelques brelans de chansonnettes adaptées aux goûts délicatement variés de leurs potentiels clients tentent de voir le jour, dont *J'ai goûté à tes lèvres*, qu'ils vont proposer en tremblant à... Tino Rossi. Lequel, polaire, les renvoie à leurs plumes et cahiers.

Pour la Sacem, Lucien Guinzburg est devenu Julien Grix. Ça ne fait aucune différence : pour Lulu, zéro chèque. L'été venu, il prend seul la route pour un endroit réputé du Touquet chic, le Club de la Forêt, chez un certain Flavio (Flavio's, dans les guides britanniques). Clientèle huppée, atmosphère jazzy, femmes superbes, prix en conséquence : Lulu Grix (ou Gris) jubile. Son jeu charme, son charme envoûte. Ses longs doigts câlinant Cole Porter, Art Tatum ou George Gershwin donnent du piquant à ses oreilles en ailes de chauve-souris. Au-dessus du clavier, son nez semble une sculpture incarnant le mystère vivant de l'inspiration. De son regard vitrifié par la concentration, il paraît dominer un océan de noire mélancolie. En fait, il détaille la tenue des dames et suppute leur disponibilité. Il plaît. Ce monde entre la nuit et l'aube, entre brume et fumée, entre des bras toujours différents, toujours différemment parfumés, ce monde-là lui plaît. De ses longs doigts, oui, il peut enfin toucher une pièce du bois dont on fait le bonheur sur cette Terre. Comme la peau des femmes qui le couvent du regard quand il enlumine leurs soupers, ce bois dégage quelque chose d'unique et de capiteux. D'un peu dangereux, aussi. Ça pique. C'est le succès. Au Touquet, c'est encore l'amorce d'un effluve, une piqûre d'insecte, mais le voilà chatouillé, et aussitôt accro. En septembre, Lucien rentre à Paris dans un état de griserie qui lui fait jeter son pauvre pseudonyme aux orties. L'été suivant, de retour au bord de la Manche (superstition et fidélité, cocktail synergique : il ne manquera plus une saison pendant près de quinze ans !), il a une pleine brassée de titres à lui dans la caboche et un nom à tout casser pour les signer : Serge Gainsbourg. Prénom russifié, patronyme francisé : l'artiste change de catégorie. Il se verrait bien dans celle de ceux qui n'en veulent pas : les francs-tireurs, fils de Fréhel et de Bruant. Chez Madame Arthur ou ailleurs d'à peu près équivalent, il sait qu'il n'y en a plus pour très longtemps, mais les mois se succèdent et lui pèsent.

Les numéros en fanfreluches et les partenaires obligés, aussi. Si Paul Alt (1954-1956) le ravissait, Louis Laibe (1955-1956) et Serge Barthélemy (1956) le lassent vite. Avec le premier, il aura tout de même écrit deux brouillons assez lestes pour que, peu après, Juliette Gréco les transforme en chansons : *Les Amours perdues* et *Défense d'afficher*. Il n'empêche que, début 1957, c'est tout seul qu'il se sent destiné à un rappel enfin « sérieux » de la petite piqûre goulûment aspirée chez Flavio. Les musiques et les phrases, littéralement, lui « perlent à la surface de la peau ». Il fait encore poinçonner son ticket quotidien par un employé du métro, mais ses sensations sont celles d'un autre lui-même. Qui serait, par exemple, au volant d'un coupé sport anglais fendant l'air à toute vitesse. D'un jumeau qui serait Serge Gainsbourg pour de bon. Et pour toujours...

Chapitre 5

Sixties, scandales, succès

1957-1969. Treize ans. Plus de deux cents chansons. Six albums à son actif, près de vingt EP (45 tours, quatre, cinq ou six titres), une poignée de singles (ou 45 tours dits « simples » : deux titres). Plus deux albums et huit EP de bandes originales de films, deux albums, autant de EP et de singles en duo avec Brigitte Bardot, un album et un single avec Jane Birkin, deux EP et trois singles pour Juliette Gréco, deux singles pour Régine, un pour Françoise Hardy, une dizaine de titres pour France Gall, quelques-uns pour Mireille Darc, Zizi Jeanmaire, Isabelle Aubret, Michelle Torr, Michèle Mercier... Sans compter les collaborations diverses, les participations à des sketches écrits pour la télé, moult projets de scénarios et autres poèmes inachevés !

Qui dit mieux ? Claude François, peut-être, ou Pierre Delanoé ? Sauf que ces deux piliers ne soutiennent jamais, d'une chanson, que la moitié. Gainsbourg, lui, livre « clés en main » pour l'essentiel : paroles, musique, arrangements, et c'est tout juste s'il ne fournit pas les répliques du « service après-vente », s'il ne choisit pas les tenues de scène, le maquillage et les gants. Treize ans d'entrisme forcené et de dilettantisme revendiqué, treize ans d'abattage en dentelle et de merveilles immaculées. Un miracle de créativité protéiforme et malgré tout cohérente : Gainsbourg est à lui seul un soleil et sa constellation. Mais quel soleil étrange, toujours la face à demi cachée dans l'ombre réparatrice, comme la plus effacée de ses étoiles ! Pour qu'elle émerge tout à fait, il faudra un big-bang : la rencontre entre Serge et les Sixties...

Sa première manifestation discographique date de 1958. Il a trente ans, est inconnu en dehors du circuit des artistes de cabaret. Mais sur ce 33 tours inaugural, il y a déjà un style à part, un ton très particulier et une chanson, *Le Poinçonneur des Lilas*. Qui va changer sa vie parce qu'elle affectera la perception de ce qu'est une chanson pour toute une génération. Pas sur l'instant, hélas pour son auteur. Car le Serge Gainsbourg qui vient de signer un contrat avec les disques Philips — via Jacques Canetti (directeur artistique boulimique et finaud, découvreur-accoucheur-agent de Brel, Brassens, Gréco, Reggiani...) — enfreint presque chacune des règles admises du métier. Sa timidité maladive et son admiration pour Boris Vian l'incitent à une attitude caustique et dédaigneuse fort peu diplomatique. Ses textes sont trop noirs, trop crus, trop anars, même pour les anars bon teint des caves du Quartier latin. Enfin, il est certes musicien, mais son éclectisme irrite, et son arrogante absence de scrupules stupéfie. Gainsbourg, d'emblée, dérange. Et Paris n'aime pas être dérangée par un « vilain-pas-beau » dont l'objectif n'est que trop clair : la soumettre. Sans autre forme de procès ni le moindre bouquet de violettes ! En cela, Serge est l'élève de Vian, mais aussi celui de Sade, de Breton, de Genet : la corruption est un terreau, le fouet un pinceau, une fleur l'ornement d'un mensonge. Baudelaire est le Maître suprême, mais Baudelaire a l'illustre Léo pour vecteur, et son langage demeure une cathédrale quasi intouchable. Tandis que les autres ont des syllabes qui éructent la rage froide et distillent une haine subtile : sentiments qu'il ne partage pas avec eux à ce point, mais dont la technique d'expression l'éblouit. Une poétique de la cruauté mêlée de dérision en découle, faite de jeux de mots, d'allitérations et de brèves échappées moins lyriques que tranchantes. Prévert et Queneau en sont les chantres. A ses débuts, Gainsbourg les imite en agaçant. Mais très vite, il les dépasse en ajoutant au verbe un élément par eux considéré comme extérieur, voire « mineur » : la « musique de rythme ». Le jazz des Noirs américains, la salsa brésilienne, le mambo, le cha-cha-cha. « Je twisterais les mots s'il fallait les twister », chantera Nougaro. Gainsbourg, lui, plus que Vian et Trenet, va les étourdir, les destructurer, les asservir à une transe telle que la langue française n'en a jamais subi en dehors des brûlots de Louis-Ferdinand Céline.

Voilà pourquoi, en 1958, il est, sans le savoir, déjà tout prêt à relever le gant du rock'n'roll alors balbutiant avec Elvis Presley. Seul et transi de trac à son piano sur la minuscule scène de Milord l'Arsouille, il a compris que ce siècle finira en ne cessant plus d'accélérer. Et puisque Francis Bacon peint à sa place ce monde en crise d'épilepsie, lui, Gainsbourg, n'a plus qu'à le secouer en rythme. Le tout étant de se trouver au bon bout de la baguette...

Dans *Le Poinçonneur des Lilas*, un type cavale dans sa tête. Son boulot est crétin, son horizon bouché, son destin calibré au millimètre près. Pourtant il s'évade, mais pas plus loin qu'au-delà de l'ombre portée de ce qu'il sait. Et ce qu'il sait, c'est qu'il va crever. Comme tout le monde. N'empêche, le type rêvasse : tout est interdit, sauf ça, qui ne coûte rien. Et c'est à pleurer, sauf que la mélodie épouse le ton goguenard du bonhomme. On croit le voir dévaler les escaliers, enfiler les couloirs, se jouer des correspondances. On cajole avec lui le vain espoir d'une issue, d'un trou d'air, d'un puits de lumière par où s'envoler vers la mer, les îles réservées, le baiser chaud des vahinés de Gauguin ! Et puis une boucle, la roue bien huilée du refrain, c'est reparti dans l'autre sens, retour à l'envoyeur, petite évocation du fossoyeur en musardant, sans décélérer, sans même caresser le frein du débit, des confettis sur les pompes : une merveille, une fusée multicolore très au-dessus de la moyenne pour un coup d'essai. Si ce n'était lui qui l'interprétait...

Le Poinçonneur des Lilas se taille un honnête succès, mais par les Frères Jacques, ces as de la pantomime chantée, ou par Jean-Claude Pascal, ex-chéri hollywoodien de ces dames, ou par Philippe Clay, fameux écumeur des planches d'alors. Par Gainsbourg, néant. Sa voix d'amadou mouillé crispe les oreilles du temps — un temps qui s'accoutume à grand-peine à Brassens, et que l'organe brélien froisse. D'ailleurs Gainsbourg ne chante pas : il module ses textes, les dépose par saccades sur l'arête en constant mouvement de ses mélodies. Il a l'air de ne pas être là, ou alors en visite au parloir dans l'univers confiné du « correctement articulé ». Parfois il murmure, susurre ou psalmodie. Respire trop tard ou trop tôt, perd le droit fil, dérape et même semble s'en amuser. Roublard, il ne respecte que la rythmique autonome et complexe, sinueuse, de ses mots. Ses musiques, il les charrie, les malmène, moque de leur facilité. Parce qu'il les veut telles : sournoises de structure mais faciles d'accès. Truffées de pièges et de tiroirs chinois, mais agréables, incitatives. Toujours ce mélange de Trenet et de Vian. Et cette modernité à la diable en guise de poil à gratter. Mais le chant, quand c'est lui, ne passe pas. Il a dans le grain quelque chose d'acerbe, de distant, presque d'escamoté. Que les programmateurs de la radio identifient immédiatement : voilà un subversif. Pis que les autres, pis même que Boris Vian. Boris Vian attaque frontalement. Gainsbourg contourne et s'insinue. Si ses thèmes sont à la lisière du licencieux, sa voix les y fait chavirer : elle pourfend les limites du graveleux. Des censeurs se réveillent. Ils sont les verrous du grand public. De Gaulle vient de revenir au pouvoir, visionnant pour la France des splendeurs bleublanc-rouge. Que des rebelles coassent dans leurs clapiers en poutres apparentes des cabarets Rive Gauche ne le trouble guère. Mais que ses ondes d'Etat-C'est-Moi en fassent des vedettes, il s'y refuse tout net. Ses innombrables sous-fifres font barrage. Parés du prétexte idéal : non seulement cet auteur est vicieux, mais sa voix est vulgaire. Rompez les rangs, 'pouvez fumer...

Chez Milord l'Arsouille, club BCBG de la rive droite, on n'a pas pour habitude de défier le pouvoir. La clientèle y est bourgeoise, mais discrètement non conformiste. Elle n'apprécie pas tellement qu'on la traite comme une classe de 6e immature. Philippe Noiret, Jean-Pierre Darras et Jacques Dufilho y brillent tout en esprit. C'est une sorte de salon dont l'égérie est elle-même un gage de bon goût : Michèle Arnaud. Une silhouette sculpturale à la Edwige Feuillère, la souplesse et la sensualité mutine d'une Danielle Darrieux. Quatre maris et la conviction de son bon droit. Une perfection rocheuse dotée d'une voix sans aspérité et d'un sens exquis de l'amitié. Elle a décelé en ce Serge gauche et nerveux un talent hors pair. Ses audaces d'écriture lui paraissent naturelles, comme on dit des mœurs d'un sauvage. Pour la très intelligente et sophistiquée Michèle Arnaud, Gainsbourg est un être rare, une trouvaille sans prix, alliant la brutalité d'un prédateur à une sensibilité d'exception. L'hybride stendhalien rêvé. Pas question, donc, d'en retrancher ces aspects mal embouchés qui font partie intégrante de sa virtuellement monstrueuse personnalité. Il chante comme une hyène en chasse ou un phoque enrhumé ? Tant mieux ! Il a une gueule à faire passer celle de Michel Simon pour une figure d'angelot ? Excellent ! Michèle Arnaud y devine un des visages majeurs de l'avenir. C'est elle qui découvre, sous une pile de partitions accommodantes, l'ébauche du *Poinçonneur* et les timides premières moutures de *La Femme des uns sous le corps des autres* ou de *Ronsard 58*. Pour l'aider à se faire connaître et à prendre confiance, elle les joint à son répertoire et les enregistre à sa manière de duchesse sainte nitouche. Dans le Landerneau des chansonniers, l'effet est immédiat. Marraine d'autorité, Michèle Arnaud recrute ainsi le parrain Canetti, lequel ouvre la porte aux Frères Jacques et autres agents d'influence. Gainsbourg ne vend guère ses propres versions, mais voilà l'auteur lancé, et l'homme repéré.

L'année suivante, c'est au tour de la fée Juliette Gréco de se pencher sur son couffin en pleine expansion, en un fameux baiser que pour elle il a baptisé *Il était une oie*. La presse accourt, faisant des gorges chaudes de ce singulier individu auprès de qui les plus belles femmes se précipitent. Mais ce n'est qu'un début. Et maintenant, Serge le sait. Son heure sonne. Il est fin prêt...

S'attend-il pour autant à l'ampleur de la vague qui se forme tout là-bas, en Amérique, et qui va bientôt déferler sur l'Europe en commençant par Liverpool ? Certains indices montrent en tout cas qu'il est plus que d'autres aux aguets. A sa manière matoise de chat de gouttière, et contrairement à Boris Vian (qui vient de mourir, non sans avoir écrit, dans *Le Canard enchaîné*, une paire d'articles dithyrambiques et définitifs à propos du *Poinçonneur des Lilas*), Gainsbourg n'affiche aucun mépris pour les balbutiements juvéniles de ce sous-genre joyeusement bâtard qu'on appelle rock'n'roll. Déjà, le jazz permettait toutes sortes de libertés stylistiques : si ce rock'n'roll attaque la tradition plus fort encore, pourquoi ne pas profiter de son impact sur une génération vierge de tout a priori ? Ses grandes oreilles à l'affût suggèrent à Serge quelques premiers jets qui ne soulèvent qu'une vertueuse indignation du côté de son entourage. S'abaisser à flatter les bas instincts de ces jeunes voyous gominés qu'on affuble du sobriquet de « yéyés », il n'y songe pas vraiment ? Si ? Eh bien qu'il oublie : une carrière, môssieur Gainsbourg, ça se construit sur du solide, des valeurs sûres, du travail. Tiens, au lieu de jouer au galopin à trente-deux ans tout en pleurant misère, qu'il accepte ce qu'on lui propose au jour le jour. Un engagement au théâtre de l'Etoile, en lever de rideau d'Yves Montand, par exemple : ça lui apprendra à maîtriser ses nerfs ! Ou une tournée provinciale en première partie de Jacques Brel, histoire de rencontrer « son » public (en fait, les deux compères, afin de moins claquer des dents à l'heure de monter sur scène, brisent la glace de leur mutuelle timidité en se les nettoyant au whisky-Coca !). Ou mieux : un petit rôle dans un film, ne serait-ce que pour rentabiliser les photos qu'il a bien fallu faire de son impossible tronche afin d'« illustrer » ses premiers disques. Coincé, mais l'œil rivé sur sa montre, Gainsbourg acquiesce à tout. La route est longue. Quelqu'un a prononcé le mot de cinéma ? Jacques Poitrenaud, assistant de Michel Boisrond, que ladite tronche a eu le don d'intriguer. Boisrond a réalisé *La Parisienne* avec Brigitte Bardot, la Marilyn des bords de Seine. Ils s'apprêtent à récidiver avec une comédie astucieusement intitulée *Voulez-vous danser avec moi ?* Serge y fait sa première apparition en tant que maître

chanteur glauque. Tout le monde le remarque, sauf la star...
Il se rattrapera ! Conséquence inattendue : il va tourner dans
une quinzaine de films (dont trois sublimes péplums en car-
ton-pâte où sa dégaine d'ignoble traître fourbe et cruel fait
exploser les salles d'un juste courroux). Conséquence inespé-
rée : il va en écrire tout ou partie les musiques, exercice jubila-
toire s'il en est... et pompe à finances fort appréciable. On
trouvera bien un ou deux orchestrateurs pour prétendre que
sa signature fut parfois usurpée, mais nul ne l'accusera jamais
de mesquinerie : il arrive que Gainsbourg tire la couverture à
lui, mais généralement en tout bien, tout honneur. Ce serait
plutôt affaire d'équilibre entre équité et fierté : si l'ex-crève-la-
faim a de l'appétit, il sait notoirement partager. Et pas que les
restes. Ce qu'il veut désormais par-dessus tout, c'est capter la
lumière et s'y réfléchir. Puis se catapulter à travers elle, sans
trop réfléchir...

En 1957, Elisabeth et lui se sont officiellement séparés : le
physique de l'une, le mental de l'autre avaient changé. Ils se
reverront néanmoins à diverses étapes de leurs existences,
tant leur lien organique plongeait plus profond que notre
Milord l'Esthète affectait de le croire. Car, en quittant les ori-
peaux de Lucien pour endosser les habits de Serge, le fils tour-
menté de Joseph et d'Olga s'est bâti un personnage composite
où les fantasmes de l'adolescence le disputent aux révélations
du saltimbanque : costards à rayures de coupe forcément bri-
tannique, chaussures deux tons, chemises de soie, cravates
austères ou lavallières tape-à-l'œil. Tout un attirail de dandy
anguleux, poseur et nerveux comme un porte-flingue déguisé
en maître d'hôtel. Il se voudrait dur et décadent, il est friable
et attachant. Toujours tiré à quatre épingles, il épate les ser-
veuses et fait rire leurs patronnes. Quant à séduire, c'est
encore une autre paire de manches.

Début 1958, il fait la connaissance de Françoise Pancrazzi,
fraîchement divorcée d'un certain M. Galitzine, qui se disait
apparenté à la famille princière du même nom. Beauté classique, Françoise l'attire, mais cette alliance passée à une vir-
tuelle haute lignée slave l'impressionne : il s'installe chez elle,

près de l'Etoile, où elle lui enseigne l'alpha et l'oméga des us et coutumes de l'aristocratie à table, les rites du thé et tutti quanti. Il n'en démordra plus, hormis en virée. Ils se marient en janvier 1964, une fille leur naît le 7 août, Natacha. Deux ans plus tard, ils divorcent. Puis se réunissent à la fin 1966 avant de se quitter définitivement au printemps 1968, juste après l'arrivée d'un deuxième enfant, Paul. Serge n'en parlera jamais en public pendant plus de vingt ans : cette femme et ces enfants doivent demeurer dans l'ombre. Exactement comme la première famille de John Lennon, avant le typhon Yoko Ono. Dans les Sixties, pour être une star, il faut d'abord se montrer libre de toute attache. Ce qui ne pouvait en aucun cas échapper à la sagacité d'un homme qui savait tout, dès 1965, des Beatles, des Rolling Stones et de Bob Dylan. Tout simplement parce qu'il se sentait, en France, leur correspondant exclusif...

Plus que toute autre rivale, Françoise Pancrazzi redoute la gloire. Cette gloire qui fera irruption en trois phases. Comme un opéra imbriqué dans son temps, musique et livret de Serge Gainsbourg. Et dans un crescendo typique de la complicité entre l'auteur et son époque. Le premier mouvement est encore relativement lent : il balaie cinq années, embrasse une douzaine de chansons et s'achève sur un miniscandale associant l'une d'entre elles et le nom d'une chanteuse : *Les Sucettes* et France Gall. Le deuxième brûle en trois mois, tient en un quarteron de tubes et se brise comme une idylle d'idole : *Initials B.B.* et Brigitte Bardot. Le troisième exhume le seul manifeste érotique qu'avait refusé d'endosser la précédente, mais qui va gagner une popularité inouïe grâce aux gémissements magnifiquement pop et impudiques d'une nymphe aux orgasmes planétaires : Jane Birkin et *Je t'aime... moi non plus* : 1969 ? Point d'orgue tellurique : quatre minutes et vingt-cinq secondes chatouillent l'éternité...

Chapitre 6

Brigitte, Juliette, France, les autres... et Jane

A ce stade de l'histoire, on serait tenté d'en appeler au bon vieux cliché : Gainsbourg ? Encore un homme « arrivé » par les femmes ! Puisqu'il nous en offre l'occasion, arrêtons-nous pour les regarder quelques instants : ces femmes, qui sont-elles, qui nous sont-elles ? Les aurions-nous connues sans lui, sans son talent ? Poser la question ainsi, c'est y répondre : chacune d'entre elles n'a pu répliquer au talent de Serge qu'avec le sien, dans la mesure où elle en avait. Il et elles sont donc arrivés quelque part ensemble, quand ensemble il y eut. Ou nulle part, quand le talent était le privilège d'un seul. Pour le reste, il n'est question, comme en ce qui concerne le commun des autres mortels, que d'amour et de circonstances, de désamour et de culture. D'« anamour » et d'écritures. Tout art est un jeu de dupes à handicaps mensongers, avec pour enjeu une vérité.

Mais, bon, qui sont-elles quand même ? On a croisé Olga, sa mère, Jacqueline et Liliane, ses sœurs, Elisabeth et Françoise, les deux femmes qu'il a épousées mais n'a pas fait chanter : celles-ci, il s'est contenté de plus ou moins bien vivre à leurs côtés. Elles existaient sans lui, mais même avec lui, elles n'existent pas vraiment pour nous. Viennent maintenant les autres, celles qui l'ont chanté, celles qui l'ont chanté et aimé, aimé et chanté, celle qui sans lui n'aurait ni chanté ni joué ni même respiré, celles qui sans lui n'auraient pas existé du tout.

Michèle Arnaud demeurera la Marraine, l'amie fidèle et l'interprète « classieuse » — elle mériterait amplement de lui avoir inspiré le fameux néologisme — jusqu'en 1966. Juliette était Gréco avant lui : muse impérieuse, fée malcommode, elle transforme *Accordéon* en sphinx ailé, donne des lettres de haute noblesse à *Strip-Tease*, manque inexplicablement *Ce mortel ennui*, immortalise à elle seule *La Javanaise* et gardera toujours une estime ombrageuse pour cet auteur qui, lui, l'admirait jusqu'à l'idolâtrie. Isabelle Aubret était spécialisée dans la reprise des « grands poètes » via Jean Ferrat, elle n'a d'ailleurs pas loupé *La Chanson de Prévert*. Idem pour Catherine Sauvage et ses versions charnues du rare *Assassinat de Franz Léhar* et du fragile *Baudelaire*. Ces dames sont des chanteuses de caractère.

Voici ensuite des dames dont le trop-plein de caractère s'épanche par la voix : la « pétulante Pétula », autrement dit Pétula Clark, queen mother de ces chanteuses anglaises à vif accent dont les Français raffolent (*Vilaine Fille, mauvais garçon* et une première version joviale de *La Gadoue*) ; l'insubmersible Régine, qui ingurgite *Les Petits Papiers*, gobe sans sourciller *Ouvre la bouche, ferme les yeux* ; la « grande sauterelle » (selon Michel Audiard) Mireille Darc, qui enfourche *La Cavaleuse* ; Zizi Jeanmaire et *Bloody Jack*... sans oublier Dalida, Michelle Torr et même Stone sans Charden, pour lesquelles Serge concocte sur commande une foultitude de chefs-d'œuvre en peau de lapin...

Entre ces averses de cristal ou de suie qui lui assurent le gîte et le couvert, et comme pour se distraire en s'autorisant une gâterie de passage, notre play-boy des partitions à la chaîne parvient encore à rentrer dans sa coquille de fouineur éclairé : disséminés entre 1961 et 1964, trois albums se fraient un difficile chemin vers un public confidentiel. Pas fou, l'artiste ne néglige pas le mercenaire : ils sont truffés des cadeaux qu'il a faits ou va faire, ceux du moins dont il est le plus fier. Mais il y pousse aussi des perles étincelantes. Sur *L'Etonnant Serge Gainsbourg* (joli titre !), sa *Chanson de Prévert* communique le frisson, et sa voix pour une fois s'abandonne à une sacrée palette d'émotions. *En relisant ta lettre, Le Sonnet d'Arvers* et *Les Oubliettes* feraient fondre la mauvaise foi des critiques d'alors si les critiques avaient une foi et des tripes pour l'alimenter. Quant à *Viva Villa* ou au *Rock de Nerval*, ce sont les premières de ses innombrables pochades à flirter avec le burlesque surchoix, l'absurde grandiose. Sur *N° 4*, à peine un peu moins fort, il est impossible de résister au coup de main d'un chef cuisinier en passe de révolutionner l'art séculaire des sauces ; *Black Trombone, Intoxicated Man* et *Requiem pour un twisteur* perturbent toutes les recettes, cassent tous les moules. Citons enfin l'admirable *Gainsbourg Percussions* en son entier, tant pour le culot voyageur de l'inspiration (les deux Amériques, les îles Sous-le-Vent, les Caraïbes, toutes saveurs en folie) que pour l'extravagante aisance musicale et lyrique de cette collection de cartes postales humectées de nectars vaudous. Mais si tout cela est plus beau encore que brillant, le public, hélas, n'y goûte guère...

C'est que, outre la censure, le show-bizness traditionnel veille : qu'un talent aussi naturellement subversif et criant d'évidence se bricole un cheptel de suffragettes ou se satisfasse d'un aréopage de vestales de luxe, soit. Mais qu'il ne s'avise pas de débouler sur le boulevard de la renommée comme un satrape en pays conquis : halte-là ! Son petit commerce d'empêcheur de chanter entre les chaussons d'un Johnny domestiqué et les couettes d'une Sheila manipulée, qu'il se le garde pour ses films coquins ou ses week-ends pimentés ! Il y gagne déjà plus qu'il n'en faut à un homme pour boire le meilleur de l'Ecosse et fumer les essentielles volutes empoisonnées de la Seita, ça va comme ça : le hit-parade pour ses cochoncetés de macaque emplumé, non ! Tiens, qui donc frappe à sa porte : la petite, la douce, l'innocente France Gall ? Mais c'est le Chaperon rouge dans la gueule du loup ! A l'heure où Fernandel fait un carton avec l'increvable brave *Chèvre de Monsieur Seguin* (en 1964, c'est du Daudet réchauffé, par encore de l'Epinal empourpré...), des crocs aiguisés par une avidité d'au-delà des Carpates se voient inviter à dévorer toute crue la gentille France. Paris vaut bien une messe, dit-on depuis le roi Henri IV, pourquoi pas France une effigie de cire et un bonbon sucré ? Pauvrette !...

« Avec le temps, va, tout s'en va... », Léo nous l'a assez rabâché. Alors on reste englué dans cette imagerie complaisante de l'auteur génialement pervers tirant, la bave aux lèvres, les ficelles de sa marionnette. C'est du moins celle que véhiculera un Gainsbarre en quête perpétuelle d'abominations imaginaires : il se verrait bien, rétrospectivement, en Divin Marquis distribuant à qui mieux mieux les derniers des derniers outrages. Problème : France Gall n'était ni Justine ni Juliette. Rien qu'une enfant de quinze ans et demi mal à l'aise dans son rôle de vedette pour préados : voix fluette, poids mouche, pulls mohair et coiffure sage. Les yeux toujours inquiets d'une toute jeune fille tendue vers un seul but : bien faire. L'inverse d'une Lolita. Quand on lui fit rencontrer Serge, toujours en 1964, elle n'espérait qu'un saut qualitatif après une série de tubes genre *Sacré Charlemagne*. Loin de vouloir la transfigurer, Gainsbourg entreprit aussitôt de l'orienter vers un personnage plus moderne, un peu dans la manière de Françoise Sagan : sur le point de quitter ses illusions romantiques, à regret mais sans se plaindre, avec même une pincée de froide noirceur à la clé. Le tout nappé d'un formidable cynisme mélodique, à mi-chemin entre ballade faussement guillerette et rengaine totalement éhontée. Une vraie gageure faustienne. Coups d'essai avec *N'écoute pas les idoles* et *Laisse tomber les filles*. Coup de maître avec *Poupée de cire, poupée de son*, grand prix de l'Eurovision 1965 (pour le Luxembourg : à France, la France avait astucieusement préféré Guy Mardel) et disque d'or du Québec au Japon. Voici l'auteur maudit archifêté, l'artiste fauché enfin millionnaire. On le voit, en smoking luisant ou en polo de laine, poser tout sourires enfantins au bras de sa collégienne prodige. Il a l'air épanoui, elle a l'air gêné. C'est le monde à l'envers : l'ouverture de l'ère Gainsbourg. L'année suivante, le clan Gall est à ses pieds. Serge s'acquitte vite fait d'un minitube plus que parfait, *Baby Pop*, qui lui servira de modèle pour une kyrielle de clones à venir. Dans l'euphorie, l'envie l'étreint de joindre l'agréable à l'utile : que dirait la lauréate immaculée d'une récréation un rien nostalgique sous forme de ritournelle irrésistiblement gamine ? Le texte ? Oh, inoffensif : une histoire de sucettes à l'anis, vous savez, celles qu'achetait en douce la mamie au retour de la plage, à La Baule... A la radio, l'effet est immédiat. *Les Sucettes* font un énorme tabac. Bientôt doublé d'un tapage phénoménal. Main sur le cœur, doigt dans la bouche, les médias tirent des mines de jésuites pris en faute à leur insu : il y aurait une signification cachée, une ambiguïté de langage dans cette charmante bluette ? Trahison ! Détournement de mineure ! Serge est d'abord ravi de ce petit tour qu'il a joué à la censure. Puis légèrement ennuyé lorsqu'il découvre l'embarras de France, qui n'a pas véritablement saisi l'objet du scandale mais décide d'en assumer les retombées avec une dignité teintée de tristesse. En guise de mot d'excuse, il lui écrira *Nous ne sommes pas des anges*, mais les comptes entre eux n'en seront pas apurés. Courant 1967, leurs routes se séparent pour toujours — exception faite d'un single pas nul du tout, mais non avenu, *Frankenstein*, en 1972. Elle pénètre dans un purgatoire qui durera dix ans, il s'extirpe du sien. Lesté d'un forfait trop infime, trop futile pour lui inspirer mieux qu'un « sorry » désinvolte. Gainsbourg adorerait posséder à fond, comme Bernard Shaw ou le cardinal de Retz, le don de méchanceté qui tue sans laisser une chance. En l'occurrence, il n'a que celui de blesser ceux qu'il avait su toucher. Et chaque fois, c'est davantage sous lui que sur eux que persistent les traces. Si la peinture est lion, les mots, eux, tiennent du scorpion : pour une pique, deux plaies. L'une aux dépens de l'adversaire, l'autre à ses propres frais...

Serge balance aussi entre deux aphorismes également plastronnant de misogynie : « Je ne me casse pas : ce sont les femmes que je casse » et : « La beauté est la seule vengeance des femmes. » Qui a-t-il cassé ? Pas ses épouses, qui ont eu l'insolent toupet de lui survivre. Pas ses interprètes : France Gall reviendra dans les années 70, vendant plus d'albums que lui ; et Jane B. elle-même, aujourd'hui, ayant épuisé son deuil, se passe de lui. Il a d'ailleurs fini par se casser, et si certains en souffrent, ce sont ses fans et ses enfants. Quant à la beauté vengeresse, l'expression n'a qu'une source et qu'une cible : Brigitte Bardot. Après leur brève aventure ensemble, il était en morceaux. Alors il l'a repeinte plus belle encore, et plus dangereuse qu'elle n'avait été : pour l'avoir réduit à ce pitoyable état, il fallait qu'elle fût non seulement la plus belle des femmes, mais la Beauté faite Femme. Et de quoi se venge-t-elle à travers lui, cette création de Dieu selon Vadim, cette créature du diable selon Godard ? De la fatalité qu'il y a à n'être que femme : quelque chose de trouble et d'indéfini que les hommes tels que lui tour à tour façonnent, fécondent et abandonnent ? Ou d'une quelconque déconvenue, d'un banal — même pas mortel — ennui ? Il n'était pas Gainsbourg que déjà Serge béait devant elle. D'admiration, de convoitise. De ce désir brut d'elle qui fit des mâles de toute une génération une chambrée pour une fois fraternelle. De ses grands yeux, de sa petite voix pointue, elle s'en étonnait et aggravait l'effet. Et tout à coup chacun rêvait en secret de devenir, pour une fraction de vie, l'élu de cette fiction de chair. Et lui, lui, Serge Gainsbourg, fils de sa mère Olga, de son père immigré, oui, lui, il avait eu un jour un petit rôle dans son ombre. Puis l'occasion bénie de lui écrire deux chansons — le bancal *Appareil à sous* et, plus perspicace, *Je me donne à qui me plaît* (en 1963). Récidive avec l'amusant *Bubble Gum* en 1965. Nouveau hiatus de deux ans. Et clac, sans prévenir, c'est la quinte flush, Hollywood et le Jardin d'Eden à sa porte, sur son cœur, dans son lit : l'Etoile a invité l'homoncule à lui faire don d'un ou deux titres inédits pour son show télé d'octobre 1967. Piqué au vif, il lui en offre quatre, et pas des fonds de tiroir, dont *Harley Davidson* et *Bonnie and Clyde*. Serge vire à présent sans complexe sa cuti rock, se propulsant pour elle à l'avant-garde de ce qui s'est composé de plus époustouflant dans le genre depuis le *Sergeant Pepper* des Beatles, trois mois plus tôt. Brigitte en est émue : tant de talent furieux palpitant sous tant de touchante maladresse. Quand enfin elle l'embrasse, il est *Sous le soleil exactement* (chanson miracle et chef-d'œuvre prémonitoire offert au début de l'année à une autre incarnation de l'incandescence : Anna Karina). Mais comme elle est le soleil, c'est lui qui flambe. Et disparaît en fumée de la galaxie B.B. : quelques semaines de « tendresse » (elle a pour lui ce mot qui le blesse avec une cruelle insistance), c'est déjà un cadeau. Qui le projette dans un trou noir, l'enfer où gisent les plus « ex » des « ex » : les exclus de la déesse Lumière. Tétanisé, il lui adresse, en un ultime réflexe d'orgueil, le dernier éclat d'elle qui ait pris corps en lui : *Initials B.B.* Après quoi, rideau, tellement il n'est pas beau à voir, le drame de l'homme-qui-casse, une fois cassé par la vengeance de la beauté...

Maigre consolation : cette ébauche de Kāma-Sūtra pop cabre la Bardot. Le texte l'avait effrayée, outrageusement explicite jusqu'à son absence de titre. Celui-ci surgit avec l'acuité douloureuse d'un inutile retour de lucidité : *Je t'aime... moi non plus*. En inversant les rôles, en accentuant la crudité de la scène, peut-être qu'il éloignerait un peu les fantômes qui le hantent. Mais qui pourrait, en osant avec lui, l'aider à les chasser tout à fait ? Pas Françoise Hardy en tout cas, à qui il tend la secourable (ou cuisante) leçon tout en rimes en « ex » de *Comment te dire adieu ?* (1968). Pour lui, année immobile : il ne répond pas à la pourtant stimulante demande que lui fait Jeanne Moreau d'un album entier, et sabote sciemment le projet que lui présente Jean-Louis Barrault, alors directeur du théâtre de l'Odéon — une occasion en or que ne ratera pas, un an plus tard, ce fabuleux mélodiste populaire qu'est Michel Polnareff. Année immobilière, aussi : au moment où la jeunesse occidentale se paie une joyeuse crise d'anticapitalisme, notre baladin au sang russe, en bon anar de droite, investit dans la pierre : un coquet pavillon au cœur du quartier des antiquaires, le futur célébrissime hôtel particulier « bonsaï » de la rue de Verneuil. A l'origine, c'était un gage d'amour, le baldaquin de marbre et de velours dont il avait rêvé pour accueillir B.B. Le lieu devint effectivement un écrin, le propriétaire un objet hors de prix, et la destinataire un chromo défraîchi...

Il publie cependant un recueil de textes, *Chansons cruelles*, au tirage limité, et, pour s'étourdir, tourne dans une flopée de films de série B. Ses partenaires ont pour nom Michel Simon, Jean Gabin, Jacques Dufilho, Jean Yanne, Francis Blanche, Estella Blain, Dany Carrel, Marie Dubois, Delphine Seyrig... Pierre Grimblat lui propose même le premier rôle dans *Slogan*, dont la vedette féminine devrait être le mannequin Marisa Berenson. Mais Grimblat l'écarte finalement, au profit d'une autre Anglaise encore moins connue, Jane Birkin. Serge est déçu. Il considère la nouvelle arrivante d'un œil de maquignon, note sa silhouette androgyne, ses genoux cagneux, sa tenue négligée : et c'est « ça » qui aurait suffi à créer le scandale de *Blow Up*, réalisé l'année passée par le génial Antonioni ? Au comble de l'agacement, l'équipe remarque que si cette fille a une bouche « à la Mick Jagger », elle n'en a pas la puissance vocale, et ânonne son espèce de franglais comme on mâche un chewing-gum. C'est là qu'en expert ès chanteuses dont les défauts font le charme, Gainsbourg tique. Et tente aussi sec, selon sa vieille tactique, de l'aplatir sur le plateau à coups d'arrogance et de rosserie. Miss Birkin résiste, le tournage vire au naufrage. Affolé, le metteur en scène invite ses divas acariâtres à dîner chez Maxim's. Les y laisse en tête à tête avec une, deux, trois bouteilles de champagne. Un bail de douze ans, surtout quand on ne s'y attendait pas, ça se fête...

A priori, Jane Birkin n'avait que peu de chances d'éveiller une passion majeure chez Serge Gainsbourg : ni l'animalité complice d'Elisabeth ni l'élégance flatteuse de Françoise, encore moins la volupté prodigieuse de Brigitte. Elle a pourtant fait mieux : pendant un temps, en n'aimant qu'elle, qui muait grâce à lui, il ne s'est plus ni trompé ni haï. Et pendant douze ans, en l'inspirant, en le chantant, en lui donnant une fille, elle n'a cessé de croître à ses côtés, et des ailes communes leur sont poussées. Drôles d'oiseaux furent-ils, drôle de tableau : lui convexe, elle cubique. Carpe tactile, lapin lubrique. Couple coquin, couple à pleins tubes, couple fragile, aussi : couple ordinaire. Il avait tout à lui apprendre, sauf à être une artiste : par sa mère, comédienne, elle savait l'essentiel. Il avait tout à craindre d'elle : par son père, ancien officier de la R.A.F., elle avait un sens inné de la nuance qu'il y a entre la transgression et l'excès. Avec elle, Serge a joui d'être Serge et Jane, Gainsbourg a pu grandir et elle l'a admiré. Puis il s'est rétracté, a tourné au Gainsbarre, et celui-là, Jane ne l'aimait pas. Alors elle est partie : dans *Je t'aime... moi non plus*, les voix ont permuté. Et, sous la menace du gong, il a fallu tout recommencer : « Amours des feintes / Au loin j'entends / Là-bas que tinte / Le temps »...

Chapitre 7

Œuvre, manœuvres, couleuvres...

De 1970 à 1990, Gainsbourg génère, directement ou indi-rectement, paroles et musiques ou paroles simplement, plus de trente albums. Soit un et demi par an — dont quatre rien qu'en 1981, pile au milieu. Onze sous son nom — huit en studio et trois « live ». Sept sous celui de Jane Birkin — trois « pendant », quatre « après »... les meilleurs. Quatre bandes originales. Et dix pour d'autres artistes, dont trois au bénéfice incontestable de la postérité. Plus une douzaine de singles ori-ginaux pour lui, les mêmes ou d'autres encore. Environ deux cents mélodies et trois cents textes. La plupart des soi-disant « professionnels de la profession » locale peuvent aller se rha-biller, du seul point de vue comptable. De celui de la qualité, il faut chercher ailleurs, et à un niveau qui situe l'ensemble de l'œuvre gainsbourienne où elle le mérite. En Angleterre : David Bowie, Elton John ou carrément Paul McCartney. Aux Etats-Unis : James Brown et Bob Dylan...

Voilà ses pairs, et voilà sa pointure. Il en a d'ailleurs une conscience aiguë : quand tout va bien, il les cite d'abondance comme pour souligner un cousinage qui n'a rien d'extraordi-naire ni même de surprenant. A la taille de la France, il est souvent seul. En tout cas le seul à rester, à durer, à forcer les obstacles, les frontières, le conformisme frileux des mentalités. Et, à la longue, le respect. Ce putain de respect qu'il conchie et poursuit sans relâche, avec une obstination schizophrène et la fureur d'un requin blessé. Quant à la fameuse énergie du désespoir, il se la garde pour la bonne bouche : l'écriture, son intime punition. Car chez lui, pour reprendre la terminologie de sa plus constante monomanie, il y a « écrire » et « torcher » : écrire est une torture, torcher un soulagement. Et puisque peindre est banni, l'œuvre n'a plus qu'à osciller entre ces deux extrêmes. Est écrit ce qui fait mal, nécessite le travail sur soi, sollicite le hideux réel, l'insupportable miroir du vrai : *Baby Alone in Babylon*, *Lost Song*, *Amours des feintes*, les trois derniers albums pour Jane B., ceux d'« après » ; le titre *Le Sixième Sens* pour Gréco, en 1972. Est torché ce qui coule de source, s'expurge en coup de vent, s'impose massivement — l'album *Guerre et Pets* pour Dutronc, ouvertement, mais aussi, d'une façon plus insidieuse quoique moins contrôlée, une large part des albums de Catherine Deneuve, d'Isabelle Adjani, d'Alain Chamfort ; et tout le Bambou (*Made in China*). Est « parfait », ensuite, ce qui est tout cela à la fois : ses albums perso (à des degrés divers), les singles *Quoi* pour Jane et *Amour puissance six* pour Viktor Lazlo, certains extraits de B.O. (de *Je t'aime... moi non plus* et de *Je vous aime* en particulier), les textes bombardés chez Bashung (*Play Blessures*), Vanessa Paradis (*Variations sur le même t'aime*) et sa fille Charlotte (*Lemon Incest* et *Charlotte Forever*). Le reste ne trouve sa place et ne prend d'importance qu'en fonction du succès obtenu (« torché », le *Manureva* de Chamfort est un équivalent supérieurement roué de la *Poupée de cire* de naguère) ou du bide rencontré (les deux albums de Zizi Jeanmaire, à vrai dire plus affectueusement bichonnés que strictement construits : le Serge star a quitté le music-hall pour le show-bizness et n'en fait plus guère mystère) : Gainsbourg n'a que le temps de produire, et une ostensible répugnance à le perdre en jugements. Par contre, il s'emporte dès qu'on prétend le jauger, surtout en se référant à ses plus brillantes réussites. Il hurle au complot raciste et antifrançais lorsque son interprète antillaise, Joëlle Ursull, rate — de peu — le grand prix de l'Eurovision avec *White and Black Blues* en 1990 (toujours le syndrome « Poupée »...). Il pleurniche comme un gamin grondé quand Catherine Deneuve fait montre de réserves pourtant fort modérées au sujet de l'album qu'il lui a mitonné (« torché » n'égale pas systématiquement « bâclé » et rien, en effet, dans *Souviens-toi de m'oublier* ne s'approche de *Dieu, fumeur de havanes*...). Il se débat, enfin, comme un écorché pour peu qu'on prononce (c'est arrivé à propos du disque éponyme d'Isabelle Adjani, que les fans, aveuglés par les yeux foudroyants de la sublime Tragédienne mais pas sourds, ont d'instinct baptisé *Pull marine*...) le mot « recyclage ». Recyclage ? Pourquoi pas libellule ou papillon ? Pourquoi lui et pas Dylan ou Bowie, hein ? Parce qu'ils sont loin, môssieur Serge, et qu'on n'est pas le La Fontaine de la musique populaire pour rien : tel est pris qui aime bien... etc.

Dans le monde auquel il s'adresse, la gamme ne comporte que huit notes, plus les bémols et les dièses. En France, on ne dispose que des vingt-sept lettres de l'alphabet, plus une certaine quantité de signes dûment codifiés. Gainsbourg est un rebelle, c'est entendu. Mais de ceux qui possèdent le solfège et la grammaire, en connaissent toutes les lois. Les ruses pour les contourner, les absurdités exploitables à l'infini. Le tout faisant sa joie, comme elle a pu faire, parmi tant d'autres, celle de Stravinski ou de Mallarmé — pour citer un musicien russe dit contemporain et un poète français notoirement aventureux. Ils ont à leur disposition le même matériau de base que leurs chers collègues : la foutue gamme pour l'un, ce putain d'alphabet pour l'autre. Pourtant, sans en sortir, ils en bouleversent le sens, les données. L'ordre, chez eux, n'est qu'un vecteur, un moyen, une tête à claques, presque un esclave : il est là pour servir la substance de l'artiste, en prendre plein la gueule si la puissance de son inspiration l'exige. Mais, puisqu'il est avéré, depuis Pascal et Galilée, que « rien ne se crée, tout se transforme », même Stravinski et Mallarmé ont bien dû, eux aussi, peu ou prou « recycler » : pas de *Sacre du Printemps* sans Brahms et Vivaldi, pas de *Tombeaux* sans Baudelaire et Poe. Alors qu'est-ce qui les distingue, les rend si modernes et fascinants ? Beaucoup de souffle ! A force, ils en oublient jusqu'à la gymnastique de violenter les lois de leur discipline : la transgression est devenue une seconde nature, ils en boivent un bol chaque matin, au petit déjeuner. Et une obsession : s'arracher en bloc toute la tripaille. Sans plus aucun souci du qu'en-dira-t-on : ils sont passés de l'autre côté. Alors ils ont « recyclé », oui, mais comme des fauves, et leur tableau de chasse fait halluciner la Terre entière. Serge n'ignore pas non plus qu'avant de parvenir à peindre les multiples visages de l'effroi Francis Bacon tartinait de la daube à foison. Peindre, écrire et composer, c'est kif-kif : Miles Davis, les Beatles, Dylan ont-ils inventé de nouvelles expressions ou simplement adapté de très anciens langages à la sensibilité de leur époque ? On peut s'en moquer, toujours est-il qu'à force d'adapter, ils ont fini par inventer... quelque chose. Quelques petites choses. Comme un alliage inédit entre l'expression corporelle et le son pour Miles, entre l'imaginaire postadolescent et le son pour les Fab Four, entre le verbe éternel et le son pour Mister Tambourine Man. Idem Serge, sur le papier du moins. Sur le papier parce que la feuille blanche, substitut de la toile, lui est un cadre dont il ne s'évade que par le son : si sa musique, populaire par destination, a droit à toutes les libertés, ses thèmes demeurent enfermés dans l'alambic baudelairien. Et les formes qu'il leur donne, ou leur fait subir, ne s'affranchissent quasiment jamais des exercices mallarméens. Bref, sa rébellion est d'essence littéraire, se bornant à un savant dégradé de supplices chinois infligés à une langue qui en a déjà vu d'autres : dans la lignée des précieux décadents dont il se repaît (J.K. Huysmans, Restif de la Bretonne, Genet), il triture une chair qui se venge aussitôt en embrassant son bourreau. Rien n'est plus classique. Sa versification tarabiscotée, sa prosodie gonflée tripotent l'épiderme, chipotent à la surface, et puis après ? Céline, lui, désossait la carcasse. En attaquant le squelette, il menaçait le vieux corps tout entier : une nouvelle silhouette en serait née, peut-être, mais les esthètes se sont levés : pas de ça, Lisette ! Classique jusqu'au trognon, Gainsbourg pelote la langue sacrée, mais tout son inlassable travail de coupé-collé formel n'aboutit qu'à la perpétuer. Elle somnolait dans le formol, la voici marinant dans le pur malt, l'armagnac hors d'âge ou le pastaga. Boursouflée, mais lavée à l'alcool et « torchée » avec un soin jaloux.

Et quand on lit son unique « récit », *Evguénie Sokolov*, on sait que si ça ne tient qu'à lui, elle vieillira tranquille : en fait de « conte parabolique », cent pages de scatologie scrupuleusement érudite, de céramique incrustée d'émeraudes façon Paul Valéry, d'élitisme imperturbablement féroce et sarcastique à la manière anglaise. Il y a matière à se marrer, mais il faut d'abord pas mal en chier : objectif atteint ? Pas sûr : publié en 1980 sous l'auguste jaquette de la NRF, *Evguénie Sokolov* ne déparerait pas une dictée de Pivot. Catégorie adultes, tendance caca-popo. C'est un peu long, tout lisse, et ça sent la clinique. Pour lire du Gainsbourg jouissif, il faut l'écouter hoqueter, trancher court, crado délivré par l'esquive sonore. Déconnant par tous les tuyaux, expectorant sa bile en pets et rots plus concrets, vraiment originaux : ses galeries sans égale et sans fond d'onomatopées, de borborygmes, de sécrétions moins fringantes que franchement glaireuses. La part « utile » de Gainsbarre...

Chapitre 8

U r g e n c e s !...

Tant que Gainsbourg ne cohabite qu'avec son « p'tit Lulu » à lui perso, le médaillon de ses entrailles, la graine de sa mémoire, tout baigne avec Jane. Ils seront bien un peu serrés rue de Verneuil, les week-ends avec la fille — Kate — qu'elle a eue de son premier mari, le compositeur de musiques de films John Barry (un paquet de *James Bond*, *Danse avec les loups*...), mais la vie les câline, c'est pâmoison de tous les côtés. A la scène, ils sont la paire en vogue, le couple qui fait jaser, pas « La Belle et la Bête » (c'est du passé), plutôt « Nounours et Pimprenelle » version pop-hard. A la maison, ils s'en contrefichent et s'aiment à perdre haleine, entre vertige et fous rires. Pendant six ans, tout semble leur sourire. A commencer par Charlotte, leur fille née en juillet 1971. Pendant la grossesse de sa mère, elle aura pu suivre des premières loges une autre gestation : celle de *Melody Nelson*. Double accouchement, triomphes jumeaux, public et privé. *Je t'aime...* ayant fait des parents une star bicéphale et mondiale, les deux môminettes en font chacune leur miel : Charlotte est plus que protégée, *Melody* surexposée. Serge est aux anges, auréolé par le scandale et littéralement assailli par les muses. La moitié du temps, il la passe à Londres où il a pris ses quartiers musiciens, explorant les studios les plus en pointe, agitant ses antennes au gré des brises de la mode. Le premier album qu'il y fait enregistrer à Jane, *Di Doo Dah* (1973), bruit d'un tas de bidouillages suaves et discrets, comme une étole de dentelle sur un tapis de rythmiques aux couleurs vives et primesautières. Par contraste, son propre album de la même année se divertit à broyer du marron foncé : outre la comptine *Je suis venu te dire que je m'en vais* toute trempée de sanglots aqueux, c'est là qu'il faut préférer entendre Gainsbourg polir à loisir un chapelet de colombins roulés comme des mignons felliniens. Pour les coprophages, *Vu de l'extérieur* est un festin de roi. Pour les autres, un régal qui se digère en se pinçant le cervelet.

1974 le voit commettre deux grosses boulettes révélatrices : en croyant habile de soutenir Giscard d'Estaing dans sa campagne présidentielle, il s'inscrit d'office au club des nouveaux riches du show-biz français le plus ringard. Pour sa défense, il se fendra d'un nouvel aphorisme à la mords-moi-le-nœud dont Sacha Guitry n'eût même pas voulu en cas de débine, et qui pourrait servir de devise aux années Tapie-80 : « J'ai retourné ma veste quand je me suis aperçu qu'elle était doublée de vison. » Il manque un « i » quelque part... En refusant tout net de participer à la B.O. des *Valseuses*, il reporte de plusieurs années son rendez-vous avec la génération dont il convoite les suffrages. Trouva-t-il le film trop « vulgaire », comme il l'a curieusement affirmé, ou à l'inverse trop proche de ce qui lui trottait dans le crâne ? On serait tenté de le penser à l'écoute et à la vue du brelan qu'il abat au cours des deux années suivantes : les albums *Rock Around the Bunker* et *L'Homme à tête de chou*, et son premier film en tant que réalisateur, *Je t'aime... moi non plus*. Trois monstres. Trois sévères échecs commerciaux. Trois magnums de fierté qui l'accompagneront quinze ans. Le premier est une abyssale expérience de sauvagerie autoparodique dont il n'existe aucun équivalent de par le monde. C'est peut-être la blague juive la plus impitoyablement sardonique de l'après-Shoah, et certainement la plus mal perçue : des titres « maso-nazebroques » aux arrangements « abraso-nazillards », tout écorche, tout asphyxie. Quant au mousseux standard soul *Smoke Gets in Your Eyes*, dans un tel contexte, personne d'autre n'aurait osé : là, il a ! Le troisième frôle une crevasse de ridicule freudo-godardien pour se précipiter dans un gouffre infra-warholien tellement inerte et lugubre qu'on en viendrait presque à supplier l'auteur de se rappeler ses péplums en tutu. Mais ce nanar qui visait Pasolini et n'atteint que le plus foireux des Ferreri nous épargne sans doute le pire : même à la masse et au comble de la prétention, Gainsbourg garde un sens de l'enflure si radical qu'il lui est impossible de rivaliser avec un Claude Lelouch. *L'Homme à tête de chou* est tout simplement la preuve en moins de quarante minutes qu'on peut être à la fois un mécréant vaniteux, un volubile trou du cul, et le plus ingénu des enfants du bon Dieu : comme *Songs of Love and Hate* de Leonard Cohen, *Blood on the Tracks* de Bob Dylan ou *Berlin* de Lou Reed, *L'Homme à tête de chou* est un de ces disques vénéneux que leur poison rend immortels. Cette édifiante histoire d'une shampouineuse destroy prénommée Marylou et promise à un destin d'enfer devient un conte métaphysique au fumet précurseur 100 % gainsbourien. Musicalement, la mèche est courte, la mécanique rudimentaire, l'effet dévastateur, et l'interprète pour une fois au même niveau que l'auteur. Il y a coït sur le pic, osmose au sommet. Savourons...

Mais l'insuccès flagrant de « l'Homme-Chou » cingle cet hédoniste trop pusillanime pour satisfaire aux exigences ascétiques d'un cynisme à long terme : il lui faut un tube à tout prix. Lui qui a écrit *Docteur Jekyll et Mister Hyde* (pour Bardot) et *Plus dur sera le chut* (pour Dominique Walter, fils de Michèle Arnaud) sait mieux que quiconque ce que peuvent lui coûter un trop grave brouillage de son image, un trop grand décalage entre sa prodigieuse notoriété et la réalité de son poids en disques d'or. Alors, après avoir assuré le minimum syndical avec Alain Chamfort (album *Rock'n'rose* en 1977) et concubinal auprès de Jane (album *Ex-fan des Sixties* en 1978), le voilà mi-à flot (les sous reviennent), mi-à sec (sitôt émises, les idées s'évaporent comme des mirages). Situation intenable pour lui, jusque-là habitué à l'inverse. A cran, il fait retomber son humeur chagrine et rebondir ses nerfs sur le cher entourage. Rue de Verneuil, la vaisselle fait des petits, Jane plusieurs fois ses valises. Lui les accumule sous les yeux et s'agrippe aux flacons à s'en rendre plus minable que malade, et plus coupable encore. Ses fidèles le fuient, des sangsues s'agglutinent. Il n'écoute rien ni personne, excepté la radio, son fil d'Ariane depuis vingt ans. Soudain, une chanson de Bob Marley lui évoque le temps où il tirait dix mélodies d'un air de salsa chopé dans un bar. Et Marley, la Jamaïque, les Rastas fondus de ganja et d'Hailé Sélassié, il connaît. Et leur espéranto aussi, le reggae : une musique exotique et puissante, enracinée dans une mélasse épaisse et pourpre où grouillent les références messianiques des mythes africains, les sortilèges du blues américain et des rythmes vaudous. Il en a même un peu tâté, mais dans un froid local londonien, et ça ne donnait rien. Un mois plus tard, il s'envole pour Kingston, où il est reçu comme un prince par Chris Blackwell, fondateur du label Island, propagateur blanc du reggae et de Marley dans le monde, et propriétaire de ses propres studios d'enregistrement au cœur de l'action. Bien que les poches à peu près vides de toute esquisse de chanson, Serge revit rien qu'en reniflant l'atmosphère assez magique des lieux. Et là, sous ses yeux écarquillés par les volutes empesées de cette herbe qu'il ne fume pas, il voit le rythme prendre forme humaine sans même qu'une ombre de mélodie soit venue l'exciter : Robbie Shakespeare à la basse et Sly Dunbar à la batterie sont ensemble, le groove fait houle. En cinq jours, pas un de plus, il jette huit titres aux fauves, en « recycle » trois pour la flambe (dont *La Javanaise*, ici relookée reggae-dub, et le standard *You Rascal You* qu'il rebaptise *Vieille Canaille*, lequel sera à son tour re-recyclé en un formidable duo de crooners déjantés avec lui en Sammy Davis Jr et Monsieur Eddy Mitchell soi-même en Dean Martin), met le tout en boîte, range sa brosse à dents... Et puis se ravise : et s'il marquait le coup en soufflant, dans les bronches de la République une et indivisible, un petit vent qui sentirait libertaire comme là-bas ? Une *Marseillaise* hilare et dépenaillée, comme d'ailleurs elle devait l'être, mise en l'air par les soldats sans crainte et sans souliers de l'An II ? Ça ferait pas un joli pétard de tous les diables ? Allez, on y va : cochon qui s'en dédit ! En 1979, dans le tristounet ciel de traîne giscardien, *Aux armes et cætera*... et son hymne démilitarisé suscitent une écume de haine, mais un océan d'enthousiasme. Un million d'exemplaires plus loin,

Gainsbourg est enfin l'ogre préféré des lolitas de lycée : sa Marianne bronzée, frisée, délurée, c'est leur sœur. A 51 ans, il s'offre le luxe suprême de rajeunir, en la métissant, en la faisant danser, une France millénaire. Et les jeunes Français, métis et pas métis, vont se mettre à aimer ce tonton mal rasé, farceur, fonceur et émouvant. A leur usage, il brandit son ombre à tout faire, Gainsbarre le clone, le clown. Celui qui ricane tout le temps : « Pas dégueu, hein ? Pas dégueu !... »

Chapitre 9

Regain, Gainsbarre, Gainsbourg se barre...

1979-1980. Michel Droit, éditorialiste de choc au *Figaro*, au *Figaro Magazine* et aux *Nouvelles littéraires*, entreprend de fusiller l'impudent au nez louche dans ses multiples colonnes. Un énorme rire lui fait écho : celui des rockers et des marginaux de tout poil, trop heureux de s'être trouvés en Gainsbourg un héros aussi tonitruant qu'inattendu. Nés trois ans plus tôt d'un accès de crise sociale et d'un violent dégoût de tout sauf de la bière et du crachat, les punks adoptent aussitôt ce papy iconoclaste au verbe et aux gestes provocateurs. Flatté, le papy ramasse la mise et distribue les dépouilles, dont on retiendra *Betty Jane Rose*, offert aux bien nommés Bijou en guise de récompense pour avoir brillamment redonné l'éclat du neuf à ses obscurs mais magnifiques *Papillons noirs* (notons que si les groupes issus du punk-rock avouent un net penchant pour les vieilleries de Gainsbourg ou de Trenet, leurs successeurs « new-wave » marqueront, eux, une prédilection marquée pour Jacques Dutronc et Françoise Hardy, voire Michel Fugain). Tout cela incite notre idole sauvée des eaux marécageuses de l'Histoire à retrouver la scène, après quinze ans de laboratoire intensif. Le trac ? Il a un truc épatant contre : un tiers de motivation, un tiers d'orgueil, deux tiers de champagne millésimé, et « ses » rastas complètement déboussolés en guise de cerises. Servez frappé : dix jours de triomphe au Palace fin décembre 1979. Prolongations dans quelques villes de province début janvier 1980, plus deux shows en Belgique. A Strasbourg, un commando de parachutistes emmené par un colonel de réserve menace d'interrompre le spectacle si l'artiste reprend *La Marseillaise*. L'entourage claque des dents, les rastas font la gueule. Alors Serge, tout seul, se pointe face à la meute en bérets, entonne crânement un couplet, le refrain, un autre couplet. Son poing levé à l'afro-américaine le tient debout, les fiers-à-bras refluent, la salle chavire d'admiration : le deuxième pompe Gainsbourg a gagné contre la troupe de ces engagés que d'ailleurs il ne déteste pas le moins du monde — il ira même la rechanter dans une de leurs casernes, à leur invitation, et l'insubmersible Bigeard, grande « gueule cassée » s'il en fut, ne l'embarrassera nullement en lui accordant un bénéfice du doute quasi fraternel ! Tel est Gainsbarre, ennemi du conformisme jusqu'à la rupture, fidèle à sa propre logique au-delà de l'absurde : une frénésie d'enfreindre...

La même année paraît son premier album « live », le gag *Guerre et Pets* de Dutronc, le tube *Manureva*, et la B.O. du film *Je vous aime* enluminée par *Dieu fumeur*... en duo d'amoureux avec Catherine Deneuve. Pour et avec Jane, rien qui soit signé Serge. Mais Gainsbarre est partout. Et plus encore en 1981, derrière le défoliant *Play Blessures* de Bashung, l'inégal *Amour année zéro* de Chamfort (relevé par un *Chasseur d'ivoire* ravissant) et l'indigeste viennoiserie deneuvienne. Son album à lui, *Mauvaises nouvelles des étoiles*, n'est que « recyclage » éhonté. Mais poignant : un linceul de douleurs écharpées autour d'un vide non dissimulé. Jane s'est fait la malle, il se répand sur le linge de leur fille (*Shush Shush Charlotte*) et gémit sur son sort de Jésus rastaquouère déguisé en Judas de bazar (*Ecce Homo*). Rue de Verneuil comme ailleurs, voilà Lulu livré tout entier à Gainsbarre... En 1982, silence radio ; il réalise deux clips pour Marianne Faithfull, ex-égérie somptueusement cassée de la saga des Rolling Stones et surviveuse grandiose. Il écrit et tourne (au Gabon) son deuxième long métrage, *Equateur*, d'après Georges Simenon, avec Barbara Sukowa et... Francis Huster. C'est encore glaçant, et encore un four : au temps pour l'Art. En 1983, Gainsbourg renaît de ses cendres pour servir un frémissant hommage à sa muse envolée (*Baby*

Alone...), tandis que Gainsbarre en recupère les copeaux pour confectionner une cage à la voix d'Adjani — dont ce n'est pas l'atout principal. Mais le seul bon texte, *Pull marine*, est bien d'elle, pas de lui. En 1984, c'est la bagarre entre l'homme et son leurre : l'un « torche », l'autre « se torche ». Tous deux à mort. Il leur faut un arbitre, un exutoire. Ce sera le rock américain postmoderne, matiné de rhythm'n'blues et de funk, que trafique à New York une équipe de requins guidée par le guitariste-arrangeur-producteur Billy Rush (comparse de Southside Johnny, le « James Cagney du New Jersey », lui-même ami intime de Bruce Springsteen, dit « The Boss »). Même processus que pour *Aux armes*... : exil brutal dans les studios de la Grosse Pomme, dépaysement organique, accouchement sans péridurale. Cette fois l'album s'appelle *Love On The Beat*, et c'est un autre monstre à la « Homme-Chou » : huit rounds à rétamer un troupeau de bisons (les gazelles vont adorer !), et une légère avance aux points pour Gainsbourg : *Lemon Incest*. En France, c'est un raz de marée. L'année suivante, Gainsbarre peut montrer à « ses » Ricains ébahis combien il est grand chez lui, sur la scène du Casino de Paris. Sur la pochette — signée William Klein — de *Love On The Beat*, en revanche, il se laisse faire une tête de vieux travelo tout poudré, tout chenu. Une tête passée à la moulinette du chagrin. Un talisman indien...

Plus rien à prouver ? Jamais : « Si on ne peut pas faire mieux, on peut toujours faire pire ! » Hydre publique, il s'est fait décocher la Légion d'honneur, la médaille des Arts et des Lettres, mais le Mérite agricole au titre du tabac mastiqué et des nectars engloutis se fait tirer l'oreille. Alors il érige le scandale à la télé en système afin de se rappeler au bon souvenir des autistes qui l'ignoreraient encore. Et, pour cela, ne recule devant aucun sacrifice. Tous les coups sont permis. Celui du billet de 500 francs cramé pour dénoncer la gabegie du pouvoir socialiste (mais il fréquente Jack Lang et ne manque pas une occasion de broder sur l'anecdote du captain Birkin, père de Jane, convoyant le chef résistant Morland, alias François Mitterrand, lors d'un transport nocturne du maquis limousin vers l'Angleterre, en 1944). Celui du chèque de dix plaques à Médecins Sans Frontières, en sens contraire, qui fera de lui, entre Coluche, l'abbé Pierre et le commandant Cousteau, une de ces incontournables images pieuses d'un PAF affamé de fantasmes consensuels. Celui du baquet d'injures à Catherine Ringer — chanteuse des Rita Mitsouko et Sarah Bernhardt réincarnée — sous prétexte qu'elle a tourné dans des films porno (son rêve inavoué, mais peut-être môssieur *Je-pense-queue* pense-t-il au-dessus de ses moyens...). Celui de Whitney Houston enfin, petite dinde du show-biz U.S. à qui il déclare une flamme anale et fourchue chez Drucker — ah... si, à la place de la niaise Whitney, il était tombé sur Tina Turner ou Courtney Love !... Le coup de l'opération de la cataracte, en 1988... non, pas celui-là. C'est resté privé, sinon secret. Comme sont demeurés plutôt confidentiels ses deux autres films, mais là, à son corps défendant : *Charlotte Forever*, en 1986, dé-pantalonnade consternante et imbitable et *Stan the Flasher*, en 1990, plus « tarkovskien » d'inspiration et passablement déconcertant : scénario, dialogues et casting splendides (le trio maboul Aurore Clément-Michel Robin-Daniel Duval), mise en scène polaire... un drôle d'objet bancal à tout moment réévaluable...

Plus rien à prouver ? Bien sûr que si : les années 80 lui vont comme une paire de Ray-Ban à un zombie aveuglé par les premières lueurs de l'aube. Fric et frime, clips et publicité. Gainsbourg est honnête à fisc fendre, généreux, dispendieux. Alors Gainsbarre ratisse sans compter ni trier : c'est écrit, signé, sitôt dans la boîte et payé. Rubis sur l'ongle de part et d'autre : la sainte famille, Renaud (l'ami « chanteur énervant »), Total, Julien Clerc, les rasoirs Bic, Indochine — le groupe. Pour le tailleur en gros Bayard, Gainsbarre vend Gainsbourg en tweed gris perle et cravate sobre. Le slogan tonne : Bayard, ça vous change un homme ! Pas lui : en dessous, il est à poil... Et les gens le sentent. Ça commence à bien faire. Pierre Desproges le résume en une de ses maximes assassines : « Gainsbourg ? Je l'aimais bien... de son vivant. » Il faudrait qu'il se repose ? Il veut bien. Diminuer les doses ?

Ça peut à la rigueur s'envisager : suite à une nouvelle alerte, cette fois venue du cœur, il consent à ne plus fumer que quelques cigarettes par jour, à ne boire qu'un (maousse) cocktail ou alors du (meilleur) champagne. Mais s'arrêter ? Lui, Gainsbourg-barre ? Jamais-bis... On a osé lui suggérer de s'arrêter, c'est ça ? Il enregistre *You're Under Arrest*, volume deux de ses œuvres new-yorkaises et véritable acte fondateur du rap en France. Remet le couvert à tout-va dans ses virées de noctambule exaspéré par le tic-tac de sa pendule paranoïaque. Grille Gitane sur Gitane au Bataclan, boit sept Zénith brut, écrit *Lost Song* et *Amours des feintes* à l'adresse d'une Jane bouleversée. S'autopulvérise pour catapulter Vanessa Paradis vers des cimes d'où elle pourrait faire bientôt jeu égal avec Madonna. Convainc enfin B.B. d'autoriser la sortie d'un *Je t'aime... moi non plus* réchauffé au micro-ondes des plats que l'Histoire ne repasse pas aisément. Désintoxe de force Caroline von Paulus (Bambou), son amante eurasienne, sa dernière Lady, par elle se donne un second fils (janvier 1986), et le baptise Lulu dans un flot de larmes. Reprend *Mon Légionnaire* (écrit au point de croix par Marguerite Monnot pour Marie Dubas et transcendé plus tard par Edith Piaf) en assumant le transfert de genre dans un ultime effort de récitation tremblée, comme acculé à l'aveu d'un attrait trop longtemps refoulé. Jette un œil en arrière, photographie l'été 1990 depuis une auberge trois étoiles (L'Espérance !) qui fait de l'ombre à l'abbaye bénédictine de Vézelay, en Bourgogne. Médite de s'y consacrer à un autre livre, qui ne vient pas. Rentre à Paris avec un nouvel album en tête, qu'il pourrait aller enregistrer à La Nouvelle-Orléans avec les musiciens du dernier Dylan (*Oh Mercy*), au printemps prochain...

Sauf qu'il n'y aura pas de printemps prochain pour Gainsbourg, pas de prochain album pour Gainsbarre : dans la nuit du 2 au 3 mars 1991, Lucien Guinzburg leur tire sa révérence. Crise cardiaque. Il pleut aussitôt des giboulées de nécrologies évidemment superlatives (lui aurait dit « super-laxatives »), mais c'est l'ennui avec la mort des méga-emmerdeurs : les emmerdés se vengent en les aimant bruyamment. L'inhumation a lieu le 7, au cimetière du Montparnasse, où l'attendent ses parents. Il y a là les cercles concentriques des familles continuées et rompues, la phalange compacte des célébrités aux visages défaits, une foule immense d'anonymes au chagrin muet ou exubérant. Et la télé, déjà reconnaissante pour l'audimat des soirées racoleuses à venir. Au-dessus de la mêlée, Catherine Deneuve dit sobrement les couplets de *Fuir le bonheur avant qu'il ne se sauve*. En se sauvant pour de bon, Serge nous a enfin tous possédés. Il allait avoir 63 ans. Charlotte, 20. Le petit Lulu, lui, vient d'en avoir 5. Pour fêter son anniversaire et la nouvelle année, son père avait commandé un superbe feu d'artifice à Vézelay et le lui avait dédié : « Lorsque je serai dans les nu / Ages entre Schumann et Stravinski / Pense à moi, je ne veux pas que tu m'oublues... » (*Hey Man amen*).

Chapitre 10

Gogolgotha : Serge et sa postérité

[un bilan...]

Serge aimait d'amour les artistes russes, ses oncles en folie, ses cousins en mélancolie. Il chérissait tout particulièrement Nicolas Gogol, écrivain cintré parmi les cintrés, et qui écrivait court comme il vécut vite : 43 ans, pliés dans les recoins d'un asile d'aliénés. Sans Gogol, pas de Dostoïevski, pas de Kafka, pas d'Antonin Artaud. A la toute fin du *Journal d'un fou*, Gogol porte le délire de son malheureux héros jusqu'à cette note en vrille : « Hé ! Savez-vous que le Dey d'Alger a une verrue juste au-dessous du nez ? » Phrase qui eut le don de gâcher la vie d'une autre idole gainsbourienne, Vladimir Nabokov — auteur de *Lolita* et d'*Ada, ou l'Ardeur*. Or, que dit Nabokov dans son petit ouvrage sur Gogol ? Qu'il « n'est à l'aise que dans la fuite, y compris hors du sujet ». Et que « jamais il n'eût été un bon élève en France »... Amusant, non ? Surtout si l'on songe que le créateur de *Melody Nelson*, de la Marylou de *L'Homme à tête de chou* et de la Samantha de *You're Under Arrest* n'a pas de mots assez durs pour retourner contre lui les armes qu'il leur prête : « Les femmes, au fond et au fion, adorent les misogynes. » Mais il était tout le contraire, même bavochant cela, et pour cela aussi elles l'adoraient : si celles qui l'aimaient dans la vie s'en allaient, c'est parce que lui fuyait sa vie en elles, et mutilait consciencieusement son sujet. Sa gueule. D'où son succès, dans une France dont Nabokov lui-même n'aurait pu prévoir qu'elle passerait de Madame

Coco Chanel à Mademoiselle Marie-José Pérec sans la moindre déperdition de personnalité : né tard dans un univers non pas rajeuni, mais survitalisé par l'émergence des techniques de communication, Gainsbourg a pu triompher dans la fuite. Son jeu de masques et de dérobades, il l'a élevé au rang d'art parce que, dans ce pays, il en est l'initiateur au niveau du grand public : chaînon manquant entre Marcel Duchamp — qui dessinait des moustaches à la Joconde — et les fans de Dalida, de Johnny ou des Sex Pistols, qui larderaient volontiers les joues de Mona Lisa de seyantes épingles à nourrice. Mona Lisa, c'est lui. Avec les moustaches, les épingles et tous les autres stigmates de sa petite histoire. Un sourire, une énigme et, hors cadre, les rigoles de ses fuites... N'empêche que ce sont elles qui nous le racontent encore : en s'éparpillant aux quatre vents, il s'est mieux imprégné de Cole Porter que maints jazzmen, de musiques cubaines que maints soi-disant puristes de l'exotisme militant, de reggae que tant de faiseurs anglais, de rhythm'n'blues que la plupart de nos recopieurs patentés. Gainsbourg est un buvard génial parce que sa capacité d'absorption est à la mesure de sa détresse : infinie. Et un faussaire grandiose parce qu'à travers ces expéditions forcenées c'est son exil intérieur qu'il dégorge : avec lui, c'est le monde qui sonne comme un air de Gainsbourg. Il est le Zapata de l'ère zappette, mais quel que soit le canal ou le satellite, c'est à sa gueule qu'on a droit. Et c'est elle qui reste. Ici, par ses œuvres (voir annexes) ou celles de ses disciples — presque tout le monde plus Alain Souchon, MC Solaar, force rappeurs sans frontières et quelques Zazie métropolitaines. Ailleurs, par un culte étonnamment vivace dont les grands prêtres ont nom Mick Harvey, Beck ou Divine Comedy. Serge s'est barré, soit. Mais voilà : ne lui en déplaise, ce qu'il laisse est plus solide que lui. Malgré tout et surtout malgré lui. Qui avait laissé sur son répondeur téléphonique cet ultime aphorisme : « Etre, ne pas être. Question. Réponse. » Du Gainsbarre atone et lugubre. On peut préférer le Gainsbourg lâchant comme par mégarde : « Il faut penser au peintre japonais qui regarde une fleur pendant trois mois et la cerne en quelques secondes. » Légère épitaphe : ça t'est arrivé quelques fois, pauvre pomme, et plus souvent qu'à ton tour ! C'est juste que tes fleurs de papier, elles pèsent un sacré poids de sueurs et de murmures. Les nôtres... « Nos adieux seront partagés ? » Ça risque de durer...

Chapitre 11

Paroles de Serge...

Peinture

« J'avais un coup de crayon et, dans les ateliers, ça se savait. Comme exercice, par exemple, je savais dessiner d'un coup de plume une aiguille en appuyant juste ce qu'il faut pour faire son chas. Pas mal. J'ai essayé tous les styles, cubiste, surréaliste, etc. Je n'ai jamais trouvé ma voie. C'est allé plus vite en musique... »

Piano-bar

« Je faisais les dancings, les bars. Je jouais pour les rupins anglais au casino du Touquet. C'est d'ailleurs depuis cette époque que je hais les tenues strictes, les "diner's jackets", comme ils disent. J'ai été élevé à la dure... Je devais gagner cinq sacs. Quand j'avais fini de jouer, j'allais au bar — à ce moment-là, je crois que je buvais du whisky — et je payais mes verres avec les cinq sacs. C'est-à-dire que je redonnais au patron ce que j'avais gagné. Ça, c'est de l'orgueil à l'état pur. A touch of class !... »

Jazz

« Le jazz, c'était ma passion. J'ai reçu un coup de poing dans la gueule un jour, quand j'ai entendu Gillespie à la radio. Après, j'ai eu des fixations sur Art Tatum, Jackie McLean, Joe

Turner (...) Ray Charles. Là, j'ai pris une grande leçon ! Les plus grands sont les plus simples... »

Les « yéyés »

« Alors là j'ai souffert, oh la vache ! L'avènement des "yéyés", les mecs et leurs guitares électriques, je sentais que pour moi, c'était fini. J'avais fait *Le Poinçonneur des Lilas*, la maison de disques me suivait, mais je ramais. Je changeais de look à chaque disque, comme je continue d'ailleurs à le faire — mais maintenant1, je change de pays... »

Les femmes, l'alcool, l'excès...

« Ouais, c'est vrai. J'ai souvent été victime de mes propres abus. J'ai eu des périodes de polygamie. J'ai eu des périodes d'éthylisme forcené. Je dis bien forcené. J'ai souvent écrit dans un état second. Mais attention : jamais de drogues dures ! Si j'ai écrit *Aux enfants de la chance*, c'est pas pour rien... L'alcool est un additif. La véritable lucidité, c'est *Je t'aime... moi non plus*. Toutes mes chansons d'amour sont négatives : *Je suis venu te dire que je m'en vais* ou *Sorry Angel*... »

L'érotisme

« C'est la clé de mes songes. Un jour, j'ai piqué deux photos érotiques à Michel Simon. Des photos d'avant l'époque des sex-shops : c'était un spécialiste — on a pris de ces cuites ensemble ! Je les ai toujours dans ma collection, enfermées avec le reste dans des mallettes, pour que mon petit gars (Lulu) ou Charlotte ne tombent pas dessus. Mais tout ça est éprouvant. Ça m'intéresse beaucoup moins qu'avant... »

1 1989 *(N.d.A.)*.

Mick Jagger, la laideur et l'âge

« Un jour, dans une boîte, je me retrouve nez à nez avec Mick Jagger. J'étais déjà bien fait !... A l'époque, je buvais du Peppermint. J'ai fait un geste et, d'un coup, le Peppermint tombe sur ses tennis blanches. Paf, tennis vertes ! Il se lève pour me casser la gueule et moi je me mets à gueuler : « Remember Marianne Faithfull ! » Du coup, il se calme : O.K., pas touche ! Il a passé la soirée avec ses grolles au Peppermint... Je n'ai jamais revu Jagger, mais il m'épate, ce mec. C'est un athlète. Il a fait toutes les conneries possibles, et il reste superbe. D'où, pour lui comme pour moi, le même aphorisme : « La laideur a ceci de supérieur à la beauté : elle dure. » C'est pas de moi, mais je ne sais plus de qui c'est. L'époque coupe au rasoir, grandes oreilles dégagées, je ne m'aime pas. Je trouve que j'avais une sale gueule. A quarante ans, ça a commencé à s'arranger. A cinquante, c'est bon. Quand on n'a pas ce qu'on aime, il faut aimer ce qu'on a... »

Punks

« De l'esthétisme. De l'esthétisme suicidaire. Intéressant. Dans tout art, il y a des tendances suicidaires. C'est "être ou ne pas être"... Quant à la provocation, c'est une dynamique. Une vibration. Une turbulence... »

Stylisation

« Un jour, pour aller plus vite dans mon jet de plume, j'ai décidé de ne plus mettre de barre aux *t*, plus d'accents, plus de points. Je ne peux plus supporter un point sur un *i*. Un poing sur la gueule non plus, mais c'est pas le même trip ! »

Marseillaise, médailles, etc.

« J'ai prêté l'original de *La Marseillaise*1 au musée d'Orsay... D'abord, c'est pas des médailles que je collectionne, mais des pucelles et des écussons. Ben ouais, ça a viré : ce qui ne passait pas à chaud, à froid ça passe ! (...) Je me suis souvenu de ma période militaire, qui était la plus marrante de toute ma vie. On se saoulait la gueule et je jouais de la guitare. On était entre mecs, on allait voir les putes, on buvait comme des trous. Maintenant, je suis copain avec les flics. Ça les fait marrer d'être copains avec Gainsbarre, et moi aussi. Il y a un duel entre Gainsbourg et Gainsbarre. Gainsbarre envoie des vannes : on a bien le droit d'envoyer des vannes, non ? »

Cinéma

« Je suis un bon metteur, mais un metteur mal-aimé. Un bon metteur se projette lui-même, avec toute sa bargerie... Un film, c'est six mois de vie, et un mal baisé peut l'assassiner en un quart d'heure avant de passer à autre chose. C'est dur. Si le mec a un style fulgurant, je me dis qu'au moins c'est un bon écrivain. Si c'est dégueulasse, comme style, je ne supporte pas. Mais il y a aussi des critiques qui me donnent les larmes aux yeux... »

Lemon Incest

« Le clip que j'ai fait pour Charlotte est inattaquable. Le décor qui passe du noir au blanc... Il faut dire que j'avais une très belle lolita ! Au ciné, si elle veut, elle peut faire une carrière extraordinaire. En plus elle chante et elle dessine très

1 La sienne *(N.d.A.)*.

bien, elle s'est mise au piano classique... Elle suit le trajet de son père ! On va retravailler sur un album. Dans le créneau des vacances scolaires, bien sûr ! »

Une citation pour la route ?

« Il y en a une qui me plaît bien : "J'ai mis mon génie dans ma vie et mon talent dans mon œuvre." Elle est d'Oscar Wilde... »

Annexes

Discographie

La discographie suivante a été établie en fonction de l'œuvre disponible en CD.

Pour les années 1950-1960, elle se compose de trois compilations thématiques parues en 1996 (*Du jazz dans le ravin*, *Couleur Café*, *Comic Strip*). Pour les années 1970-1980, elle est constituée par la réédition remastérisée des huit albums originaux qui couvrent cette période. A quoi viennent bien sûr s'ajouter le coffret 9 CD *De Gainsbourg à Gainsbarre* et les compilations 2 et 3 CD qui en ont été extraites. Plus un bijou, un joyau et deux curiosités...

Du jazz dans le ravin *(Mercury-Philips 522629-2)*
Vingt titres parmi les plus distinctifs et « frappeurs » de l'œuvre. Pour Gainsbourg jeune, le jazz est un véhicule tout-terrain et le premier vecteur de liberté. Pianiste accompli, il possède à fond les répertoires de Duke Ellington, d'Art Tatum et de Thelonious Monk. A partir d'eux, tout est possible et le contraire de tout aussi — spécialement lorsqu'on est servi par des arrangeurs du calibre de Michel Gaudry. Les textes, eux, doivent encore pas mal de leur humour très noir à Boris Vian (*Quand mon 6.35 me fait les yeux doux*, *Coco and Co*). De cette caverne d'Ali Baba tendue d'ébène laqué qui commence en 1958 pour (hélas !) s'achever dès 1964, rien n'est à jeter, même les instrumentaux rigolos (*Angoisse*, *Wake Me At Five*). Et surtout pas *Ce mortel ennui* ou *Intoxicated Man*...

Couleur Café *(Mercury-Philips 528949-2)*
Vingt titres parmi les plus personnels et « dézingués » de l'œuvre. Dont quinze minutieusement orchestrés par le sorcier trop méconnu des musiques afro-sud-américaines de l'époque (1959-1964), Alain

Goraguer. Mention très spéciale au *Cha-cha-cha du loup*, à *Pauvre Lola*, à *Joanna*. Ne cherchez plus l'admirable album *Gainsbourg Percussions* : il est là presque en entier. En prime, le plus tardif *Ami Caouette* (1975), l'épatant instrumental *Erotico-tico* (1963) et le séminal *Baudelaire* (1962). Le texte du livret, signé Bayon, se lit comme on sirote un daiquiri...

Comic Strip *(Mercury-Philips 528951-2)*
Vingt titres parmi les plus brillants et aventureux de l'œuvre. Pour la plupart majestueusement habillés « pop » par deux orfèvres anglais en la matière : David Whitaker (*Torrey Canyon, Chatterton*) et Arthur Greenslade (*Qui est in qui est out*, le monstrueux *Initials B.B., L'Anamour, Je t'aime... moi non plus*...). A Michel Colombier reviennent les non moins affriolants atours du *Requiem pour un c...* et de *Bonnie and Clyde* (en duo avec Bardot). De 1966 à 1969, la « Gainsbourg's touch » est mercuriale : le son égale celui des Doors en originalité, et les mélodies titillent les Beatles d'avant le « Sergent Poivre... ».

L'Histoire de Melody Nelson *(Mercury-Philips 532073-2)*
Le grand tournant d'une décennie : les années 70. D'une image : Serge et Jane. D'une inspiration : Melody. C'est le Graal et Faust à la fois. Sept titres, moins d'une demi-heure de... musique ? Contemporaine on ne peut plus. Tension ? Dramatique à scier les nerfs ! Sensualité ? Comme jamais en termes de « chanson française », mais on est déjà bien au-delà — et ça ne se reproduira pas. Paroles de type « Maldoror » en acier chromé (*Cargo Culte*), harmonies en cascades orientales (*Melody*), et surtout, peut-être, ces arrangements miraculeusement « Broadway sur Seine » imaginés et sculptés par Jean-Claude Vannier. Daho, Solaar, Air, Dimitri From Paris et les « samplers » de tout bois ne s'en remettent toujours pas. Le must absolu du minimalisme esthétique à amplitude planétaire... (1971)

Vu de l'extérieur *(Mercury-Philips 532075-2)*
Photos de singes, langage de primate, couleur marron : Serge nous sert son envers caca-boudin moulé à la louche. C'est un « Lost Week-End » pathétique et guindé, le premier autodocumentaire d'une

dépression annoncée. Rythmiques sévères, pop glabre, voix glauques. Honneur à la merde, aux dames pipi, aux putes girondes et goulues. Honneur au sang perdu, à la perdition, aux pertes de toutes sortes : humeurs érectiles d'un pendu qui a lu Georges Bataille mais n'a plus le temps de le traduire autrement qu'en vents, « ces sanglots du réel ». *Je suis venu te dire que je m'en vais* est un tube égaré dans ce tombereau d'engrais à l'obscénité 100 % organique... (1973)

Rock Around The Bunker *(Mercury-Philips 532074-2)*
Même équipe de musiciens britanniques emmenés par Alan Hawshaw. Elle est ici idéalement employée, tissant une trame sèche et coupante façon barbelés. Sur quoi Gainsbourg jette en vrac ces volées de vers saccadés, désossés, qui halètent une hébétude acerbe et glacée. Petit théâtre de la cruauté indicible, cet album est un cas unique d'évocation de l'holocauste par l'imaginaire anal des bourreaux. C'est sans doute aussi le seul exemple réussi, parce que implacable, de choc frontal entre un art dit « léger » et le crime absolu. Le sarcasme bute sur l'effroi, mais la douleur a trouvé une fissure, et ce qui passe est encore pétrifiant. Toujours inouï... (1975)

L'Homme à tête de chou *(Mercury-Philips 532076-2)*
A-t-on déjà dit que Serge Gainsbourg était un conteur extraordinaire ? Si non, c'est le moment : *L'Homme à tête de chou* prend des dimensions épico-burlesques à partir d'une série d'impromptus presque insignifiants. Les aventures de Marylou et du narrateur ne sont que pretextes à détours sordides ou lumineux à travers un paysage à la Don Quichotte trash, peuplé de créatures dérisoires aux comportements gore. C'est hilarant et fascinant à la fois, totalement absurde et parfaitement cohérent. La musique n'est plus que bruitage piégeant et contrepoint rythmique, un décor en trompe l'œil pour mieux permettre à l'Artiste de jouer avec sa palette de syllabes détraquées et de double sens mutins. Alors il devient récitant démiurge, Sophocle salace, rocker philosophe. Et moraliste morose d'une époque plus stupide qu'amorale. La preuve : ce chef-d'œuvre punkoïde à crête verte ne fit guère recette... (1976)

Aux armes et cætera *(Mercury-Philips 532077-2)*
Bon, pas de secret ; avec Robbie Shakespeare et Sly Dunbar à la section rythmique, Michael Chung à la guitare et aux claviers, Rita Marley, Judith Mowatt et Marcia Griffith aux chœurs, Gainsbarre ne pouvait pas inviter la vieille *Marseillaise* de Rouget de Lisle à danser la bourrée auvergnate : c'est du reggae ronflant, sinon pur, qui irrigue ces sillons vengeurs et hilares ! Avec le recul, *Aux armes...* apparaît moins riche, moins savoureux que pourrait le faire croire sa légende dorée. Mais il recèle encore ce son juteux et ce ton gouleyant qui firent sa prodigieuse gloire. Et cette première version de *Vieille Canaille* qui déjà cligne de l'œil aux parodies à venir... (1979)

Mauvaises nouvelles des étoiles *(Mercury-Philips 532078-2)*
Rebelote à la Jamaïque. Plus une photo de pochette archiclassieuse signée Lord Snowdon, éphémère gendre mal embouché de Sa Gracieuse Majesté. Chansons plus fouillées, plus autobiographiques que sur le précédent, mais l'heure est à la désolation (*Overseas Telegram*), voire à la mortification (*Ecce Homo*). Et le public a bien de la peine à suivre les méandres en pente raide de ce pygmalion éconduit (*Strike*) mué en pasteur austère (*Negusa nagast*) ou en papa gâteau (*Shush Shush Charlotte*). Ce sont pourtant quelques-uns des meilleurs textes de sa dernière décennie. Mais si la flamme vacille, les fans, eux, en adorent l'âcre et grise fumée... (1981)

Love On The Beat *(Mercury-Philips 822849-2)*
New York. Gros son. Guitares heurtées, rythmiques funky, atmosphère à couper au cutter. Huit titres, tous en anglais (si l'on inclut *Hmm Hmm Hmm*), dont les paroles vont du slang hachuré (*Kiss Me Hardy*, *Harley David Son of a Bitch*) au plus humide des phrasés à la Verlaine électrocuté (*Sorry Angel*, *I'm the Boy*). Plus deux pièces maîtresses aussi contrastées que possible : *No Comment*, manifeste au scanner, et *Lemon Incest*, inspiré par Chopin et cosusurré par l'Antigone en herbe qu'est Charlotte, fruit vivace de son amour en cavale. Forte impression d'ensemble, belle bête dont ni le pelage ni la musculature n'ont rien perdu de leur vigueur originelle... (1984)

You're Under Arrest *(Mercury-Philips 834034-2)*
New York bis. Son énorme. On frise la caricature : c'est Gainsbarre aux manettes à 100 %, au micro à 80 %, à l'écriture à... oh, plus de 50 % ! Ça y est, il se prend pour l'Al Capone des détourneurs de gamines, le King Kong des artistes maudits. Il a des yeux couleur cerise plus gros que le ventre d'un tanker : sa Samantha pour kiosque de gare claudique, chaussée de clichés plus épais que le smog quotidien de l'auteur (*Five Easy Pisseuses*, *Suck Baby Suck*). L'humour gras se ramasse, seuls surnagent les éclairs de rage froide (*Glass Securit*) ou bouillante (*Aux enfants de la chance*, contorsion anti-drogue-aux-minots curieusement arrimée au souvenir ému d'un cabaret parisien où joua son père), ainsi qu'une reprise particulière-ment torride de *Gloomy Sunday*. Quant à celle de *Mon Légionnaire*, souhaitons qu'elle lui vaille une accolade de Piaf sur le sable chaud de là-haut, si là-haut il y a... (1987)
(Les trois albums « live » n'ayant pas été remastérisés et manquant à l'appel de la disco CD, il n'en sera pas fait mention.)

Box et compilations

De Gainsbourg à Gainsbarre *(Mercury-Philips 522335-2)*
Sublime coffret 11 CD. Dit aussi « l'Intégrale » ou « la Totale » par l'impétrant et les intimes... Le cadeau qui tue... celui ou celle qui le fait ! (1989)

De Serge Gainsbourg à Gainsbarre *(Mercury-Philips 532130-2)*
Coffret 3 CD long box, présentation et livret de luxe, 66 titres remastérisés en haute définition, sélection irréprochable : le cadeau qui tue celles et ceux qui le reçoivent ! (1996)

De Serge Gainsbourg à Gainsbarre *(Mercury-Philips 532221-2)*
Album 2 CD, 42 titres remastérisés en haute définition, livret avec paroles et crédits : « l'eau à la bouche »... (1996)

Un bijou

Jane Birkin-Serge Gainsbourg *(Mercury-Philips 558830-2)*
Réédition des premières chansons de 1969, année coup de foudre :
ensemble, *La Chanson de Slogan* ; plus six titres par Serge et quatre
par Jane. On en pleurerait... (1998)

Un joyau

Anna *(Mercury-Philips 558837-2)*
Réédition, avec l'estampille d'époque *Jours de France*, s'il vous plaît,
des paroles et musiques de la comédie musicale du même nom.
Paroles et musiques de S.G., somptueux arrangements de Michel
Colombier, avec les voix de S.G., de Jean-Claude Brialy (*Un poison
violent* ; *C'est ça l'amour*) et d'Anna Karina, madame *Sous le soleil
exactement*... Sur la pochette, elle le fait pâlir... (1967)

Deux curiosités

Parmi les nombreux hommages et les centaines de reprises, citons
deux albums singuliers :

Mick Harvey : Intoxicated Man *(Mute/Virgin)*
Seize chansons de Serge G. adaptées en anglais par un complice de
Nick Cave, membre des Bad Seeds, Mick Harvey. Pas toujours très
réussi, mais sympathique, illuminé par des arrangements de cordes
malins signés Bertrand Burgelat (un des pionniers français de la
« french touch »). Mick Harvey enregistrera un second volume de
reprises passé complètement à l'as... (1995)

Great Jewish Music : Serge Gainsbourg *(Tzadik Records/Import)*
L'hommage (bruyant) de la communauté juive new-yorkaise à Gainsbourg, au fil d'une surprenante compilation réunissant une bande
de frappadingues de l'avant-garde du rock expérimental (Fred Frith,
John Zorn). Il n'est pas toujours évident de reconnaître les titres,
mais l'expérience (sonore) vaut le détour... (1997)

Bibliographie

Livres portant la signature de Serge Gainsbourg

Chansons cruelles, Tchou, Paris, 1968
Melody Nelson, Eric Losfeld éditeur, Paris, 1971
Bambou et les Poupées, Filipacchi, Paris, 1981
Black Out, (B.D. avec Jacques Armand), Les Humanoïdes Associés, Paris, 1983
Où es-tu Melody ? (B.D. avec Iusse), Vents d'Ouest, Paris, 1987
Evguénie Sokolov, Gallimard, Paris, 1980 (réédité en poche/Folio, 1985)
Mon propre rôle I (textes 1958-1975), Denoël, Paris, 1987. (Réédité en poche/Folio, 1991)
Mon propre rôle II (textes 1976-1987), Denoël, Paris, 1987. (Réédité et augmenté en poche/Folio, 1991)

Ouvrages consacrés à Serge Gainsbourg

Gainsbourg, de Gilles Verlan, Livre de Poche, Paris, 1992
La biographie de référence : la plus complète, la plus détaillée, la plus proche du sujet et de ses proches. Interviews sur dix ans, anecdotes croustillantes, analyses pertinentes, déclarations d'amour croisées : tout y est, y compris l'amitié. L'auteur du présent ouvrage ne s'est pas fait faute d'y chercher — et trouver — la foule des renseignements qui lui manquait...

Gainsbourg sans filtre, de Marie-Dominique Lelièvre, Flammarion, Paris, 1994
L'« antibiographie » par excellence, la contre-enquête fouillée : un

point de vue acéré, beaucoup de style et une impertinence trop rare pour ne pas être signalée. L'auteur du présent ouvrage ne s'est pas privée du plaisir d'en déguster la substantifique moelle, sans toutefois se croire obligée de toujours la faire sienne...

Serge Gainsbourg, de Lucien Rioux, Seghers, Paris, 1969 (réédition augmentée dans la collection « Poésie et Chansons », 1991)

Voyeur de première, de Serge Gainsbourg et Frank Maubert, Editions Mentha, Paris, 1991

Serge Gainsbourg mort ou vices, de Bayon, Editions Grasset, Paris, 1992

Ouvrages où il est fortement question de Serge Gainsbourg

Jane Birkin, de Gérard Lenné, Veyrier, Paris, 1985
Brigitte Bardot : un mythe français, de Catherine Rihoit, Olivier Orban éditeur, Paris, 1986

Les Animals (roman), de Bayon, Grasset, Paris, 1990
Rostropovitch, Gainsbourg et Dieu, de Jules Roy, Albin Michel, Paris, 1992
Intéressant, surtout pour Dieu...

Filmographie

Films réalisés par Serge Gainsbourg

Je t'aime... moi non plus (1976) — Scénario et dialogues : S.G. Production : Président Films/Renn Production. Avec : Jane Birkin, Joe Dalessandro, Hugues Quester, René Kolldehoff, Gérard Depardieu, Michel Blanc...

Equateur (1983) — Scénario : S.G. d'après *Le Coup de lune*, de Georges Simenon. Production : Corso/TF1/Gaumont. Avec : Barbara Sukowa, Francis Huster, René Kolldehoff, François Dyrek, Jean Bouise, Julien Guiomar...

Charlotte Forever (1986) — Scénario et dialogues : S.G. Production : GPFI/Constellation. Avec : S.G., Charlotte Gainsbourg, Roland Dubillard, Roland Bertin, Anne Zamberlan, Anne Le Guémec...

Stan The Flasher (1990) — Scénario et dialogues : S.G Production : François Ravard pour R. Films/Canal +. Avec : Claude Berri, Aurore Clément, Elodie Bouchez, Richard Bohringer, Daniel Duval, Michel Robin, Jacques Wolfsohn...

Courts métrages et clips réalisés par Serge Gainsbourg

Scarface (1982) — D'après le chef-d'œuvre de Howard Hawks. Production : FR3. Avec : Jane Birkin, Daniel Duval.
Springtime in Bourges (1987) — Reportage sur le Festival de la Chanson. Production FR3.

Sweetheart et Intrigue, chansons de Marianne Faithfull (1982), pour « Les Enfants du rock » (Antenne 2).

Morgane de toi, chanson de Renaud (1982).

Lemon incest, chanson de Serge et Charlotte Gainsbourg (1985).

Charlotte Forever, chanson de Charlotte Gainsbourg (1987).

Tes Yeux noirs, chanson du groupe pop français Indochine (1987).

Amours des feintes, chanson de Jane Birkin (1990).

Quelques films dans lesquels Serge Gainsbourg a tenu un rôle (généralement inoubliable, même si infime...)

Voulez-vous danser avec moi ?, de Michel Boisrond (1959)

La Révolte des esclaves, de Nunzio Malasomma (1961)

Hercule se déchaîne, de Gianfranco Parolini (1962)

Strip-Tease, de Jacques Poitrenaud (1963)

Toutes folles de lui, de Norbert Carbonnaux (1967)

Estouffade à la Caraïbe, de Jacques Besnard (1967)

Erotissimo, de Gérard Pirès (1969)

Les Chemins de Katmandou, de André Cayatte (1969)

Cannabis, de Pierre Koralnik (1970)

Le Voleur de chevaux, de Abraham Polonsky (1971)

Trop jolies pour être honnêtes, de Richard Balducci (1972)

Les Diablesses, de Anthony M. Dawson (Antonio Margeriti) (1974)

... cela n'est que le « best of » subjectif d'une carrière qui s'étend sur près de trente films naturellement incontournables...

En tant qu'acteur, compositeur et/ou réalisateur,
Serge Gainsbourg a beaucoup donné à la pub
(télévision et cinéma).
Enumération à la Prévert...

Woolite (1976-77), Bayard (1980), Brandt (1980), Rondor Saint-Michel (1981), Lee Cooper (1982), Renault 9 (1982), Maggi (1982), Ba (1982-84), Orélia (1984), Roumillat (1984), Faure (1984), Anny Blatt (1984), Babyliss (1984), Palmolive (1984), Sprintcourt (1984), Danone aux fruits (1985), Saba (1985-86), Connexion (1986), RATP (1986), Pepsodent (1986), Lancôme (1986), Pentax (1986), Tutti Free (1988).

Remerciements

A Jean-Yves Billet (Polygram), pour son excellent travail sur « l'Œuvre », sa sympathie et sa générosité...

A Bérénice André, pour une précieuse assistance à quoi rien ne l'obligeait...

A Marie-Laure, Nicole, Anne, Isabelle, Lydie et D.D., du côté de la place des Vosges...

A Tessa, « as tears go by »...

Table

EXTRAIT DU CATALOGUE LIBRIO
LITTÉRATURE

Richard Bach
Jonathan Livingston le goéland - n°2

René Barjavel
Béni soit l'atome - n°261

René Belletto
Le temps mort
- L'homme de main - n°19
- La vie rêvée - n°37

Pierre Benoit
Le soleil de minuit - n°60

Georges Bernanos
Un crime - n°194

Nina Berberova
L'accompagnatrice - n°198

Patrick Besson
Lettre à un ami perdu - n°218

André Beucler
Gueule d'amour - n°53

Calixthe Beyala
C'est le soleil qui m'a brûlée - n°165

Alphonse Boudard
Une bonne affaire - n°99
Outrage aux mœurs - n°136

Francis Carco
Rien qu'une femme - n°71

Muriel Cerf
Amérindiennes - n°95

Jean-Pierre Chabrol
Contes à mi-voix
- La soupe de la mamée - n°55
- La rencontre de Clotilde - n°63

Georges-Olivier Châteaureynaud
Le jardin dans l'île - n°144

Andrée Chedid
Le sixième jour - n°47
L'enfant multiple - n°107
Le sommeil délivré - n°153
L'autre - n° 203

Bernard Clavel
Tiennot - n°35
L'homme du Labrador - n°118
Contes et légendes du Bordelais - n°224

Jean Cocteau
Orphée - n°75

Colette
Le blé en herbe - n°7
La fin de Chéri - n°15
L'entrave - n°41

Raphaël Confiant
Chimères d'En-Ville - n°240

Pierre Dac
Dico franco-loufoque - n°128

Philippe Djian
Crocodiles - n°10

Les droits de l'homme
Anthologie présentée par Jean-Jacques
Gandini - n°250

Richard Paul Evans
Le coffret de Noël - n°252

Frison-Roche
Premier de cordée, 2 vol. - n°s 148 et 149

Gulliver - 1 (revue) - Dire le monde - n°239
Gulliver - 2 (revue) - Musique ! - n°269

Khalil Gibran
Le Prophète - n°185

Albrecht Goes
Jusqu'à l'aube - n°140

Sacha Guitry
Bloompott - n°204

Frédérique Hébrard
Le mois de septembre - n°79

Eric Holder
On dirait une actrice - n°183

Raymond Jean
La lectrice - n°157

Jean Charles
La foire aux cancres - n°132

Félicien Marceau
Le voyage de noce de Figaro - n°83

François Mauriac
Un adolescent d'autrefois - n°122

Méditerranées
Une anthologie présentée par
Michel Le Bris et J.-. Izzo - n°219

Henry de Monfreid
Le récif maudit - n°173
La sirène du Rio Pongo - n°216

Alberto Moravia
Le mépris - n°87

Claude Nougaro
Le Jazz et la Java - n°199

Paroles de poilus
Anthologie. Lettres du front 1914-1918 -
n°245

Claude Pujade-Renaud
Vous êtes toute seule ? - n°184

Henri Queffélec
Un recteur de l'île de Sein - n°169

Vincent Ravalec
Du pain pour les pauvres - n°111
Joséphine et les gitans - n°242

Gilles de Saint-Avit
Deux filles et leur mère - n°254
(Pour lecteurs avertis)

Erich Segal
Love Story - n°22

Albert t'Serstevens
L'or du Cristobal - n°33
Taïa - n°88

Denis Tillinac
Elvis - n°186

Marc Trillard
Un exil - n°241

Henri Troyat
La neige en deuil - n°6
Le geste d'Eve - n°36
La pierre, la feuille et les ciseaux - n°67
La rouquine - n°110

Vladimir Volkoff
Nouvelles américaines
- Un homme juste - n°124
- Un cas de force mineure - n°166

Xavière
La punition - n°253
(Pour lecteurs avertis)

LIBRIO MUSIQUE

François Ducray
Gainsboug - n°264 *(février 99)*

Guillaume Bara
La Techno - n°265 *(février 99)*

Nicolas Ungemuth
Bowie - n°266 *(février 99)*

Pascal Bussy
Coltrane - n°267 *(février 99)*

Achevé d'imprimer en Europe
à Pössneck (Thuringe, Allemagne)
en janvier 1999 pour le compte de EJL
84, rue de Grenelle 75007 Paris
Dépôt légal janvier 1999

264   *Diffusion France et étranger : Flammarion*